FSC
www.fsc.org
MIX
Papier | Fördert
gute Waldnutzung
FSC® C111262

1 3 5 4 2

Deutsche Erstausgabe

Lektorat: Gabriele Dietz

Based on Disney's *The Little Mermaid*.
Erschienen bei Disney Press, ein Imprint von Buena Vista Books, Inc.
1200 Grand Central Avenue, Glendale, California 91201.
Design: Gegham Vardanyan
Text: Faith Noelle
Screenplay: David Magee
Deutsche Übersetzung bereitgestellt von:

Übersetzung: Anke Albrecht

Postfach 2460, 88194 Ravensburg
Printed in Germany
ISBN 978-3-473-49693-8
ravensburger.com

DISNEY ARIELLE DIE MEERJUNGFRAU

Disney

Arielle
Die Meerjungfrau

Adaptiert von Faith Noelle

Nach einem Drehbuch von David Magee

Basierend auf der Geschichte

„Arielle, die Meerjungfrau“

Ravensburger

Entlang der felsigen Küste des Paradieses, wo die Flut das Meer an Land trägt, zogen zwei Herrscher Linien in den Sand. Von uralten Ängsten getrieben, hielten sie ihre Reiche getrennt, die von derselben aufgewühlten Brandung umspült waren und doch Welten auseinander lagen … bis ein Sturm ihrer beider Kinder an Land warf, Meerjungfrau und Mann, Seite an Seite … und die Liebe alles änderte.

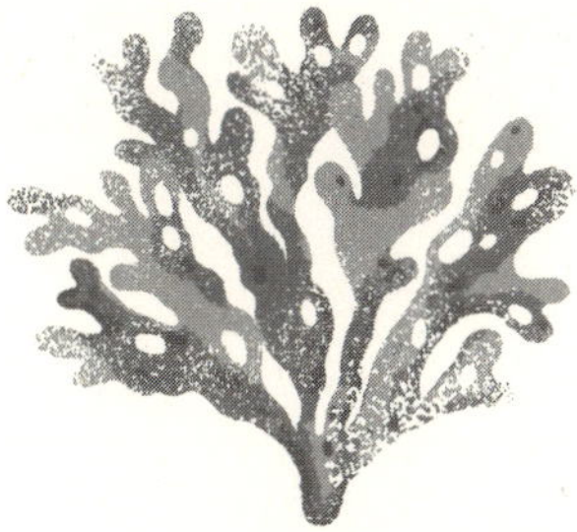

Prolog

Im Ozean wimmelt es nur so von wilden, gefährlichen Kreaturen, doch nichts ist gefährlicher als das erbarmungslose Meervolk. So wurde es jedenfalls erzählt. Als die Seeleute an Bord eines Handelsschiffs eine schattenhafte Gestalt direkt unter der Meeresoberfläche ausmachten, schoss nur ein Gedanke durch ihre Köpfe: *Ist das eine Meerjungfrau?*

An Deck begann sofort ein Rufen, Laufen und Rennen.

Die Vorstellung, eine Kreatur zu fangen, die noch niemand zuvor hatte einfangen können, versetzte alle in noch größere Aufregung. Mulligan, ein Seemann, der nach vielen Jahren auf dem Meer wettergegerbt und zäh war, übernahm das Kommando.

„Mehr Harpunen!", brüllte er. „Haltet die Netze bereit, Männer!" An der Reling drängelten sich Matrosen, die einen Blick auf die Meerjungfrau erhaschen wollten. Ein mit Widerhaken besetzter Speer wurde ins Meer geschleudert. Er verfehlte die Kreatur nur knapp.

Hoch oben in der Takelage stand Erik. Er war ein Prinz, sah aber wie ein ganz normaler Seemann aus. Er hatte sich auf dem Meer immer wohler gefühlt als an Land. Hier draußen auf See war er frei von den strengen Regeln und prüfenden Blicken am königlichen Hof. Er war in seine Gedanken versunken, während er die Segel reffte, um das Schiff sturmfest zu machen.

Unten an Deck wurde es lauter. „Bringt sie um, bevor sie an Deck kommt!", krähte Hawkins, ein alter Matrose. Die anderen machten ihre Waffen und Netze bereit und riefen

„Jau!“ und „Genau!“. Wer wusste schon, was eine lebendige Meerjungfrau anrichten konnte!

Erik hielt in seiner Arbeit inne, als Hawkins’ Ruf, gefolgt vom Aufklatschen einer Waffe im Wasser, an sein Ohr drang. Er sah in dem Moment nach unten, als wieder eine Harpune geschleudert wurde. Auch sie verfehlte ihr Ziel.

„Ah, das ist eine ganz Schnelle“, sagte Mulligan. Er deutete auf die Harpunen. „Gebt mir noch eine!“

Erik schwang sich an Deck hinunter und schob sich energisch durch die versammelten Matrosen. „Aus dem Weg! Zurück! Was machst du da?“ Erik packte Mulligans Arm, der eben zum Wurf ausholte.

„Das is’ ’ne Meerjungfrau, Sir!“.

Ernsthaft jetzt? Erik stöhnte stumm. „Eine Meerjungfrau? Mach die Augen auf.“

Er deutete aufs Meer. Gerade brach die Kreatur elegant durch die Wasseroberfläche. Es war ein Delfin. Er tauchte wieder unter und machte eine Rolle, bevor er davonschwamm. Die Matrosen verstummten.

„Was habt ihr euch dabei gedacht?“ Erik verschränkte die Arme und sah die Männer enttäuscht an.

Es war Mulligan anzusehen, dass er nicht wusste, ob er frech oder verlegen reagieren sollte. „Nu, wir sind in gefährlichen Gewässern.“

„Und es sind gefährliche Zeiten“, pflichtete ihm Hawkins bei. „Heute Nacht ist Korallenmond.“ Er drängte sich an Eriks Seite, während der Prinz die Harpunenleinen aufrollte. Mit gesenkter Stimme fuhr der Matrose fort: „Man sagt, dass der Meerkönig dann seine Meerjungfrauentöchter zusammenruft, damit sie Männer in den Tod locken.“

„Sagt man das?“ Erik runzelte die Stirn. Er erinnerte sich an Geschichten von grausamen und gefährlichen Meerleuten, die seine Mutter ihm erzählt hatte. Selbst als Kind hatte er sie ziemlich unglaubwürdig gefunden.

„Das sagt man“, krähte Hawkins. „Mit Sirenengesängen so süß und rein, dass selbst der Stärkste ihnen nicht widerstehen kann.“

„Das ist nur eine alte Geschichte“, erwiderte Erik und

dachte: *Und außerdem eine ziemlich dämliche*. Er hielt sich an der Reling fest, als eine Windböe das Schiff zum Schlingern brachte. „Na los, zurück an die Arbeit."

Die Männer gingen auseinander, aber Hawkins lief Erik über das Deck nach und sah in jeder Bewegung des Schiffs den Beweis, dass hier ein niederträchtiger Meerkönig am Werk war – von seinen Töchtern, den Meerjungfrauen, gar nicht zu reden.

Ein harter Schlag traf das Schiff, und Hawkins geriet ins Taumeln.

„Siehst du?", rief er und versuchte, das Gleichgewicht wiederzufinden.

„Das war nur ein vom Seitenwind aufgepeitschter Wellenschlag." Erik blieb stehen und half einem Matrosen beim Flicken eines Netzes.

Hawkins schnaubte. „Der Meerkönig würde uns höchstpersönlich ins Wasser hinabziehen, wenn er könnte."

Erik sah, dass der Wind ein Vorsegel losgemacht hatte, das sich nun um das Bugspriet wickelte. Er wollte nach vorn laufen, doch Hawkins packte ihn am Arm.

„Und die Meerjungfrauen? Herzlose Kreaturen. Man sagt, dass sie keine Tränen weinen können.“ Er deutete vielsagend auf seine Augen.

„Wenn das so ist“, sagte Erik und befreite sich aus Hawkins’ Griff, „dann werden sie wohl alles umso stärker fühlen.“

Damit ließ er Hawkins stehen, der leise vor sich hin brummelte. In Wahrheit war sich Erik nicht sicher, ob er an Meerjungfrauen oder eines der vielen anderen Wesen aus den alten Geschichten glauben sollte. Wenn sie tatsächlich existierten, waren sie bestimmt nicht so abscheulich, wie die Männer behaupteten. Die Geschichten seiner Mutter hatten von herzlosen und grausamen Kreaturen gehandelt, aber auch von Traditionen und Festen und Familien. Wahrscheinlich waren Meerjungfrauen ganz anders. Aber wie auch immer, es war nicht der Moment, sich mit dem Aufspießen von Delfinen zu beschäftigen. Sie waren in rauer See und mussten sich auf einen Sturm vorbereiten. Erik kletterte auf das schmale, übers Wasser ragende Bugspriet, um die Leine des Vorsegels loszumachen. Als das Schiff wieder schlingerte, verlor er das Gleichgewicht und konnte sich gerade noch festhalten.

„Erik, was tust du da oben? Komm sofort runter!“

Er schaute nach unten und grinste, als er Sir Grimsby sah. Sir Grimsby war Premierminister – und sein Lehrer. Er war ein bisschen grün im Gesicht, doch der Ausdruck von Sorge gepaart mit Verärgerung war dem jungen Prinzen ziemlich vertraut.

„Du solltest aufhören, dir so viele Sorgen um mich zu machen, Grimsby“, rief er unbekümmert.

Grimsby hob missbilligend eine Augenbraue. „Du kannst mich gerne egoistisch nennen, doch ich möchte nicht derjenige sein, der der Königin erzählt, dass ihr Sohn unter *seiner* Aufsicht über Bord gegangen ist, und noch dazu an seinem Geburtstag.“

Bevor Erik antworten konnte, zog etwas in der Ferne seine Aufmerksamkeit auf sich. „Hey! Da draußen ist ein Schiff, das Land ansteuert. Wir könnten ihm in den Hafen folgen und herausfinden, welche Waren es geladen hat.“ Der Prinz sprang an Deck und ging hinüber zu Grimsby. Er nahm seinem Lehrer das Fernglas aus der Hand und spähte hindurch.

„Unser Schiff ist bereits bis unter die Luken voll", wandte Grimsby ein. „Wir haben hier draußen nun sieben Wochen lang unser Leben riskiert. Wir fahren nach Hause – noch heute Abend!"

Doch Erik hörte ihm nicht zu. Er konnte nur an die wunderbaren Dinge denken, die es auf See zu lernen und zu entdecken gab. Eine ganze Welt lag dort. Grimsby mochte nach sieben Wochen genug haben, aber Erik hätte ewig auf dem Meer bleiben können. Er lehnte sich über die Reling, um bessere Sicht zu haben. Grimsby schnappte ihm unbeeindruckt das Fernglas weg.

„Erik, bitte. Hör mir endlich zu! Ich will, dass du vorsichtiger bist – *ooohh* …" Wieder traf ein starker Wellenschlag das Schiff. Grimsby taumelte, das Fernglas entglitt ihm und ging über Bord.

Es fiel ins Wasser und entschwand mit blinkenden Gläsern ihren Blicken. Erik seufzte. Jetzt würden wohl die Meerjungfrauen damit spielen.

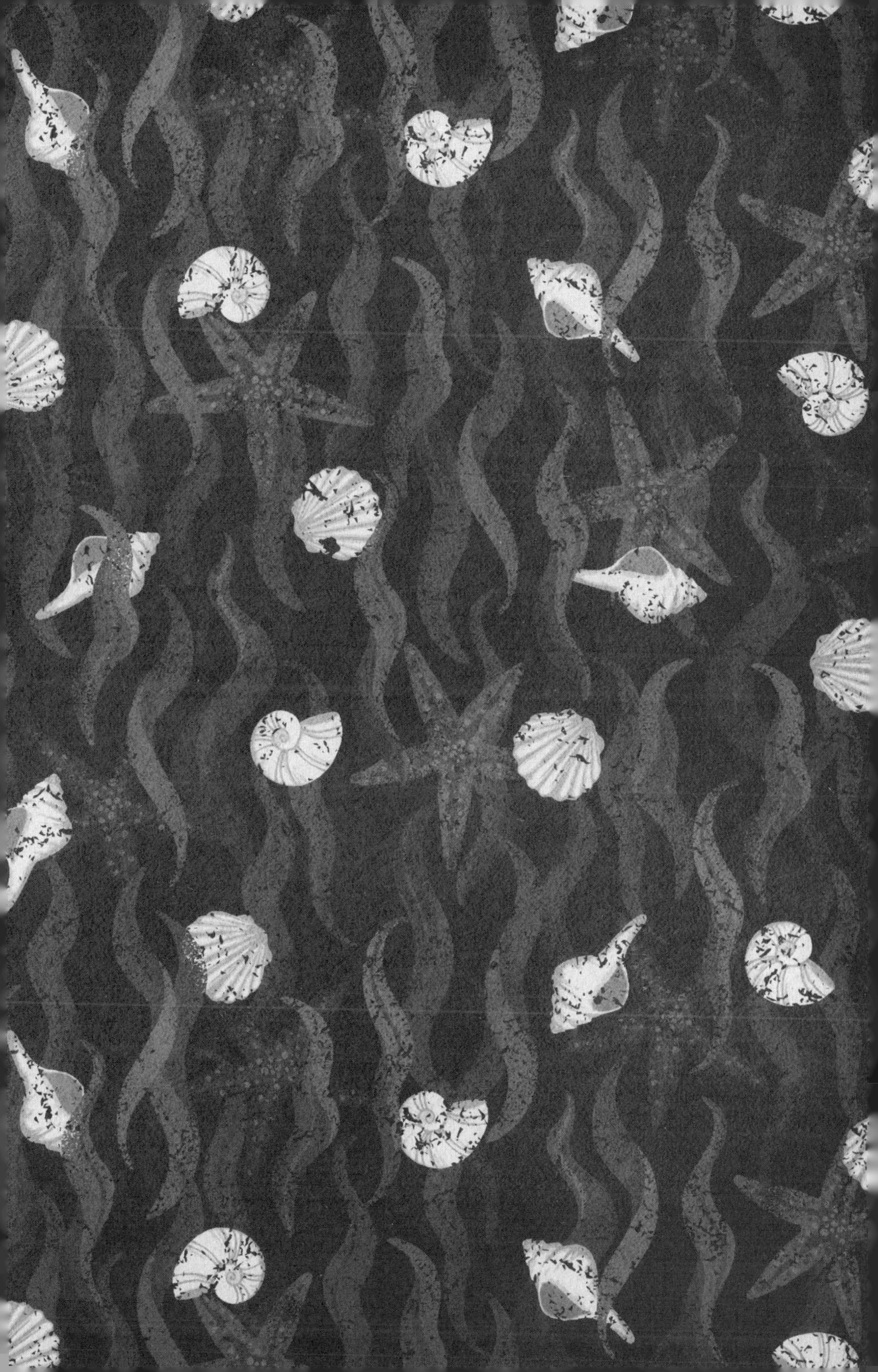

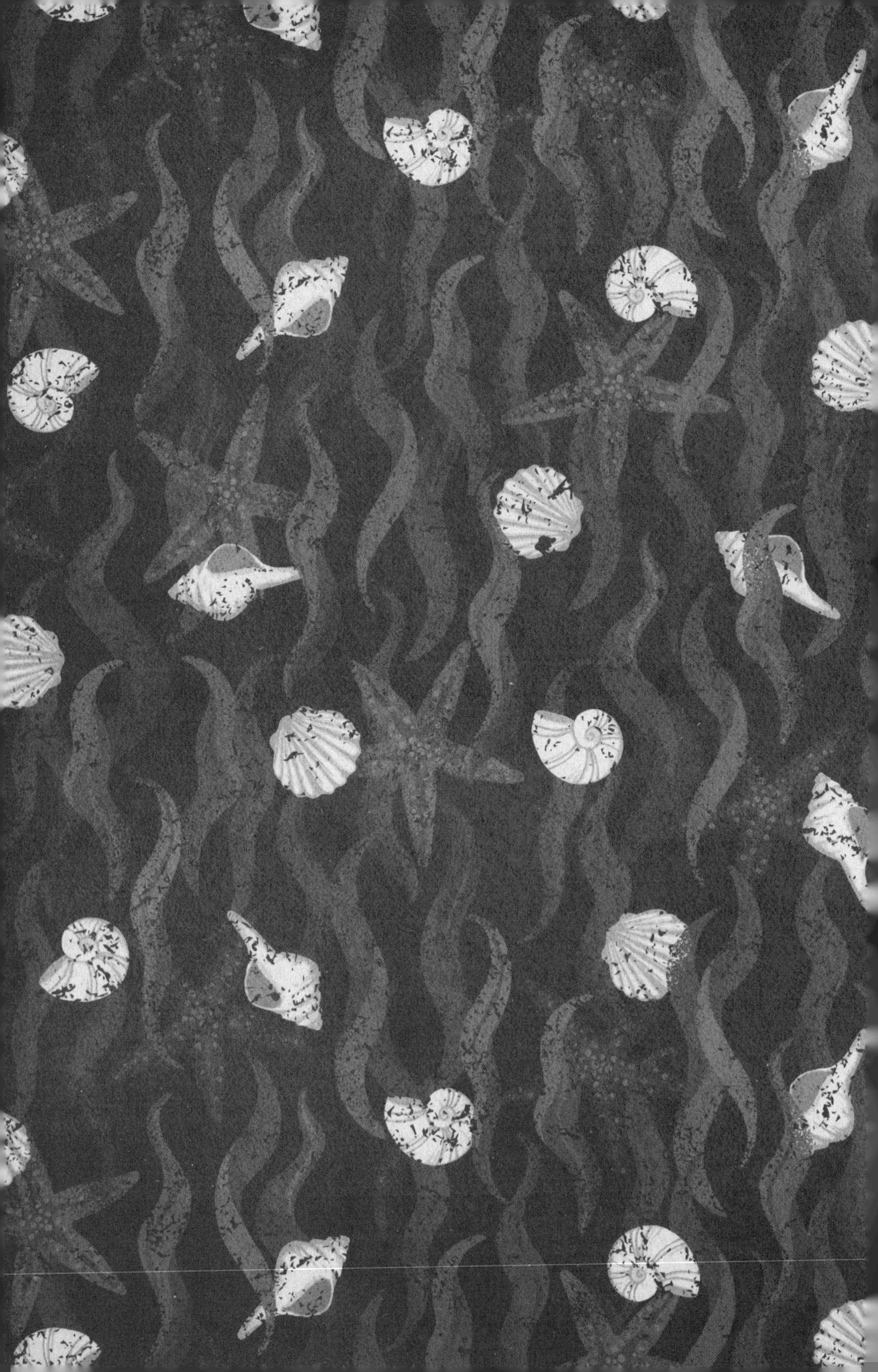

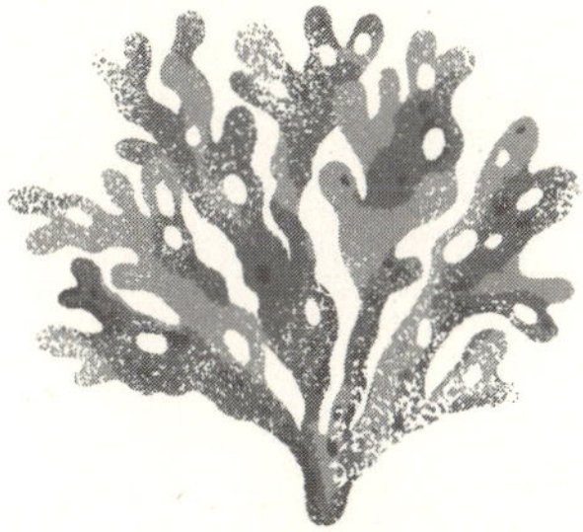

Kapitel Eins

Nichts ist so großartig wie die Landschaft unten im Meer. Das Erste, was einem auffällt, ist die unglaubliche Ruhe, von der die unendliche Weite durchdrungen ist. Farbenfrohe Pflanzen wiegen sich sanft im Wasser, tanzen zwischen den Felsentürmen, die aus dem sandigen Boden ragen. Und inmitten eines üppigen, blau und rosa schimmernden Gartens steht, vor menschlichen Blicken verborgen, ein Korallenpalast.

Die wahre Schönheit des Meeres liegt natürlich darin, dass in ihm so vielfältiges Leben ist.

König Triton konnte Gruppen von Meeresschildkröten an seinem Palast vorbeischwimmen sehen, während Delfine sich umtanzten und dabei fröhlich keckerten. Schwärme bunter Fische schossen durchs Wasser, und jeder noch so kleine Fisch bemühte sich, den Anschluss nicht zu verlieren. Der König hörte Lachen und freudiges Geplapper der Meerleute, die emsig letzte Festvorbereitungen trafen.

An diesem Abend begann das Fest des Korallenmonds.

Für den König waren es die schönsten Tage des Jahres. Denn jetzt kamen die Meerleute von nah und fern zusammen und feierten den Korallenmond, der ihnen Glück und Überfluss verhieß. Vor allem aber freute sich der König auf eine der seltenen Gelegenheiten, seine sieben Töchter beisammen zu sehen. Das Fest machte allen viel Arbeit, am Ende aber auch große Freude.

Triton führte ein großes Schneckenhorn an seinen Mund und blies hinein. Das Trompeten tönte durchs weite Meer.

Seine Töchter wussten, was es zu bedeuten hatte. Es dauerte nicht lange, bis die Prinzessinnen in den Thronsaal kamen. König Tritons stattliche Gestalt verriet seine Macht, doch als er nun seine Töchter ansah, spürte man seinen sanften Kern. Seine Familie war wieder vereint, sicher und geborgen, bereit, ein neues Jahr willkommen zu heißen. Der König nahm auf dem vom Meer geformten Thron in der Saalmitte Platz. Seine Töchter ließen sich im Halbkreis auf den Korallenbänken vor ihm nieder.

„Meine Töchter der sieben Meere“, begann er, vor Stolz strahlend, „mein Herz ist übervoll vor Glück, euch alle hier zu haben. Tamika, Perla – ich bin so froh, euch zu sehen. Caspia, Indira – ich freue mich, Neuigkeiten aus euren Gewässern zu hören. Mala, Karina …“ Nun erst fiel ihm auf, dass eine fehlte. „Wo ist Arielle?“

Es entstand eine unbehagliche Pause, in der seine Töchter sich hilflose Blicke zuwarfen. Keiner von ihnen war es je sonderlich gut gelungen, die jüngste Schwester im Auge zu behalten.

König Triton massierte sich die Schläfen, das Schweigen

machte ihn nur noch gereizter. Alles, was er sich gewünscht hatte, war ein reibungsloser Auftakt dieses wichtigen Fests, mit *all seinen sieben Töchtern*. War das vielleicht zu viel verlangt?

Über die sieben Meere zu herrschen schien wesentlich einfacher zu sein, als seine jüngste Tochter im Zaum zu halten. Sie hatte noch nie lange stillsitzen können – dafür war ihr Abenteuergeist zu groß. Es war beängstigend, wie sehr sie ihn an ihre Mutter erinnerte. Bei diesem Gedanken spürte er einen Kloß im Hals. Er schüttelte den Kopf, um sich wieder auf das zu konzentrieren, was jetzt wichtig war.

Da nahm er aus dem Augenwinkel eine Bewegung wahr. Der Krebs Sebastian, sein engster Berater und Haushofmeister, wollte sich still und leise davonmachen. Mit zusammengezogenen Brauen streckte Triton eine Hand aus und ließ sie auf den Krebsrücken fallen.

„Sebastian!" Der Krebs zitterte, als er Tritons vor Zorn geblähte Nasenflügel sah. „Es war deine Aufgabe, dafür zu sorgen, dass Arielle hier ist!"

„Oh, ich habe es versucht, Majestät, aber dieses Kind, es ist unmöglich! Erst heute Morgen habe ich sie an diese Zusammenkunft erinnert. Was kann ein Krustentier wie ich denn sonst noch tun?“

„Du kannst sie suchen gehen!“ Der König nahm die Hand vom Rücken des Krebses.

„Jawohl, Majestät! Sofort!“ Sebastian trippelte, so schnell es seine kurzen Beine erlaubten, davon.

Triton sah ihm nach, dann kräuselte er die Nase. Es sah seiner jüngsten Tochter ähnlich, ein wichtiges Treffen zu verpassen, nur weil sie das Meer erkunden oder ähnlichen Blödsinn machen wollte. Warum konnte sie nicht weniger … neugierig sein? Nein, das wollte er ja auch nicht. So ärgerlich Arielles Verhalten auch war, so beruhigend vertraut waren ihm selbst ihre unerfreulichsten Launen. Bei diesem Gedanken schmolz Tritons Zorn und der Meerkönig versank in Erinnerungen.

Sebastian verließ grummelnd den Thronsaal. „Wie schwer kann es schon sein, eine Meerjungfrau zu finden?“ Wegen Arielle hatte er sich diese Frage schon tausendmal gestellt. Wenn er Glück hatte, musste er nur *eines* der sieben Meere absuchen. Der Krebs seufzte tief. „Wo bist du, Kind?“

❊ ❊ ❊

Arielle schwamm zwischen Felsen und Korallen umher und hielt nach verborgenen Schätzen Ausschau. Als sie an diesem Morgen aufgewacht war, hatte der Wunsch, auf Entdeckungsreise zu gehen, wie Feuer in ihr gebrannt. Es war schon ein paar Tage her, seit sie etwas für ihre Sammlung gefunden hatte. Sie hatte sich schon weiter vom Palast entfernt, als ihr erlaubt war, aber die besten Funde machte man nun mal dort, wo die Schiffswracks auf dem Meeresgrund lagen.

Da, in einer Felsspalte funkelte etwas. Sie zog einen unbekannten Gegenstand heraus.

„So was hab ich noch nie gesehen“, murmelte sie. Es war eine Art Rohr, ein Ende breiter als das andere. Arielle grinste von einem Ohr zum anderen, als sie das breitere

Ende an ein Auge hielt. Sie schaute hindurch und entdeckte ihren Freund Fabius. Der stets ängstliche kleine Doktorfisch, der auf sie zugeschwommen kam, sah winzig klein aus.

„Wir dürfen uns nicht so weit vom Palast entfernen", sagte er.

Sie war überrascht, wie nah seine Stimme klang. Sie war noch überraschter, als sie das Rohr vom Auge nahm und Fabius direkt vor sich sah. Er schien doch eben noch ein gutes Stück entfernt gewesen zu sein. „Oh!"

„Lass uns zurückschwimmen", bat Fabius.

Doch Arielle war viel zu gebannt von diesem merkwürdigen Ding. *Was war das?* Sie hob es ans Auge und ließ es wieder sinken, hob es wieder ans Auge … und sah, wie alles um sie herum mal winzig klein und dann wieder groß wurde. Was für interessante Sachen die Menschen erfanden. Das musste man doch einfach faszinierend finden.

„Komm schon, Arielle. Bitte!"

Sie grinste. „Och, Fabius, jetzt sei doch nicht so ein Guppy."

„Ich bin kein Guppy."

Arielle hob spöttisch eine Augenbraue, sagte aber nichts. Sie schwamm über eine kleine Anhöhe und hielt sich das Ding wieder vors Auge, diesmal aber das schmalere Ende. Ihre Arme kribbelten vor Aufregung, als sie merkte, dass jetzt alles viel näher und größer wirkte. Na, *das* war doch mal nützlich!

„Ich glaub, wir sind weit genug geschwommen", meldete sich Fabius wieder. Aber Arielle hatte einige scharfkantige Felsen entdeckt, zwischen denen verrottende Rümpfe und Masten von gesunkenen Schiffen lagen.

„Wart mal, was ist das?" Sie hatte diesen Schiffsfriedhof schon oft erkundet, sehr zum Kummer ihres Vaters, doch sie war sich sicher, dass da jetzt ein Wrack lag, das sie noch nie gesehen hatte. Nun kribbelte es in Arielles Bauch. Ein neues Wrack bedeutete neue Schätze.

„Komm mit", forderte sie Fabius auf und nahm das Rohr vom Auge. Es schnurrte zusammen und sie steckte es in ihre Schatztasche, die sie über der Schulter trug. Dann sauste sie los.

Fabius machte vor Schreck einen Unterwasserhüpfer. Arielle schwamm direkt auf die knarzenden und ächzenden gewaltigen Wracks zu. Selbst aus dieser Entfernung spürte er die Gefahr von herabstürzenden Masten und Planken. Er wollte da auf keinen Fall hin, aber hier alleine bleiben, wollte er noch weniger.

„Arielle, wart auf mich! Du weißt doch, dass ich nicht schnell schwimmen kann."

Auf dem neuen Wrack waren bestimmt einmal Dutzende, wenn nicht Hunderte Menschen gefahren. Das Schiff schien noch ziemlich intakt zu sein, doch es lag inmitten von zerbrochenem Glas und zerborstenen Decksplanken. Im Schiffsrumpf klaffte ein großes Loch – wenn das keine großherzige Einladung war! Arielle warf einen Blick hinein. Überall lagen Scherben, Splitter und Trümmer, doch auch viele seltsame Schätze.

„Sieh dir das an!", sagte sie ehrfurchtsvoll. „Sie müssen dieses Schiff für Schlachten oder so was benutzt haben."

Fabius war endlich bei ihr angekommen. Er schnaufte. „Ja, toll. Und jetzt lass uns abhauen."

„Kriegst du kalte Flossen?“ Arielle grinste. Sie biss sich auf die Lippen, um nicht laut loszulachen, und schwamm ins Schiff hinein.

„Wer? Ich? Natürlich nich’.“

„Gut. Dann kannst du draußen warten und nach Haien Ausschau halten.“ Sie zwinkerte ihm zu und verschwand.

„*Was?* Arielle … warte!“ Fabius flitzte ihr hinterher. Er schaute ängstlich nach oben, als ein Schatten über das Wrack glitt. Arielle hörte nicht auf ihn und schwamm schon durch einen Gang. Sie entdeckte eine Tür, die schief in den Angeln hing, und drückte sie auf. Fabius hatte sie inzwischen eingeholt. Er sah sich nervös um.

„Glaubst du wirklich, dass es hier Haie gibt?“

„Ach, Fabius.“ Arielle lachte leise in sich hinein. Er konnte manchmal ein richtiger Angstfisch sein, aber das hielt ihn nicht davon ab, sich mit ihr in ein Abenteuer zu stürzen. Zum Glück war er von Menschensachen genauso fasziniert wie sie.

Überall lagen zerbrochene Dinge, die die Menschen zurückgelassen hatten. Arielle stocherte in ihnen herum und hoffte, etwas, das heil geblieben war, für ihre Sammlung zu finden.

Aufgeregt zog sie ein kleines glitzerndes Ding aus einem Haufen auf einem Tisch. „Schau dir das an!“ Sie hielt es so, dass Fabius es betrachten konnte. Das kleine Ding, kaum größer als ihre Hand, war silbrig und hatte drei Zacken. „Das ist der kleinste Dreizack, den ich je gesehen habe.“

„Wow!“ Fabius sah sich den seltsamen Gegenstand genauer an.

Arielle tat so, als wollte sie ihn mit dem Mini-Dreizack stechen. „Ich bin König Fabius“, sagte sie mit tiefer, majestätischer Stimme, „Herr der sieben Meere.“

Fabius kicherte. „Ich frag mich, was die Menschen mit so einem winzigen Teil anfangen wollen.“

„Ich wette, Scuttle wüsste das. So was weiß sie wirklich immer.“ Arielle ließ den Dreizack in ihre Tasche gleiten. Ein großes Tuch, das irgendetwas verhüllte, lenkte sie ab. Sie zog daran und stand ihrem eigenen Spiegelbild gegenüber. Arielle hatte schon einmal einen Spiegel gesehen, aber der war nicht so groß gewesen. Fabius stieß einen überraschten Schrei aus, als er einen Doktorfisch sah.

Arielle prustete los. „Entspann dich. Das ist doch bloß dein Spiegelbild. Ganz ruhig. Dir passiert schon …“

Doch da erschien im Spiegel eine dritte Gestalt, sie wurde größer und größer.

Ein Hai.

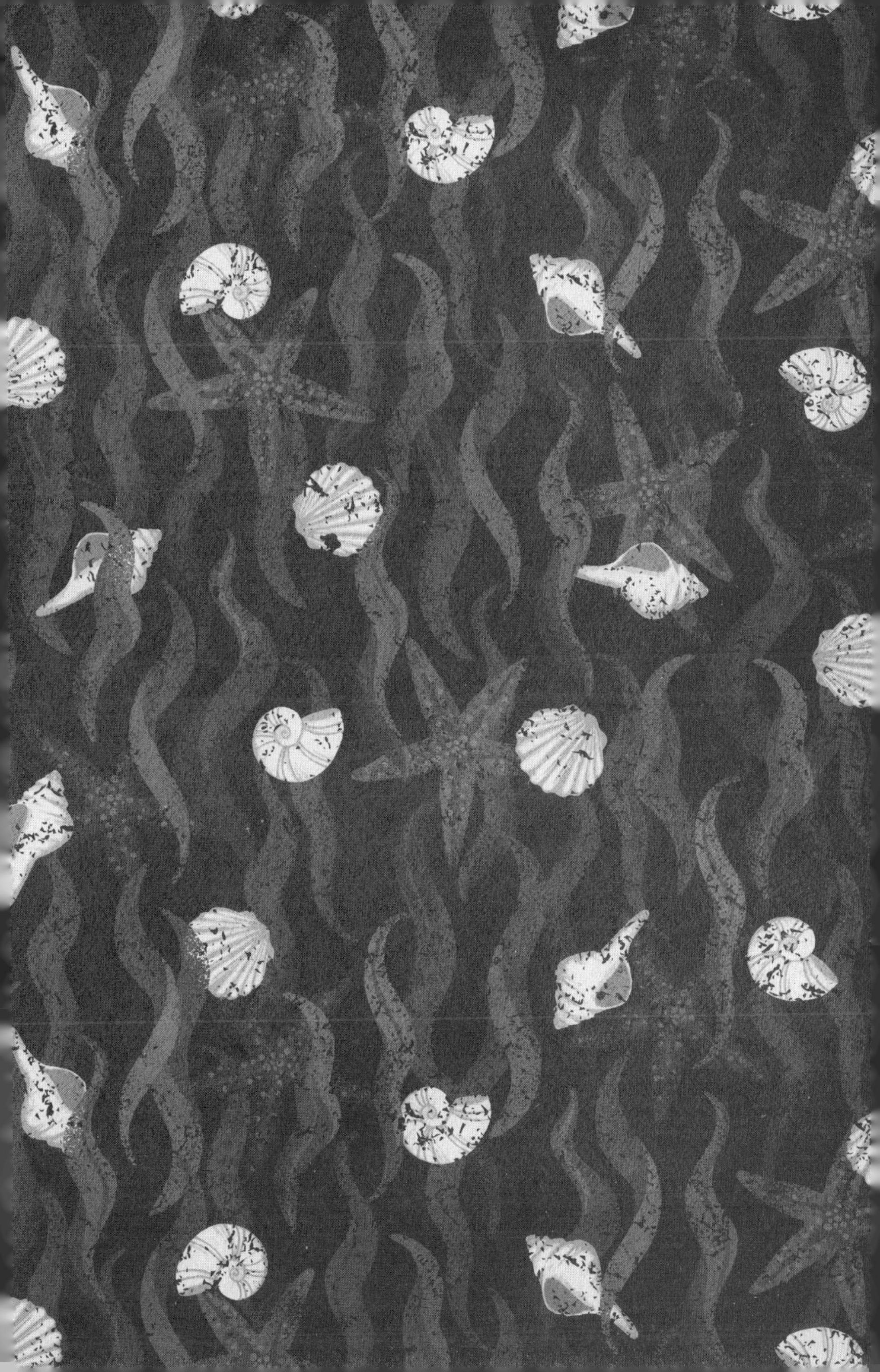

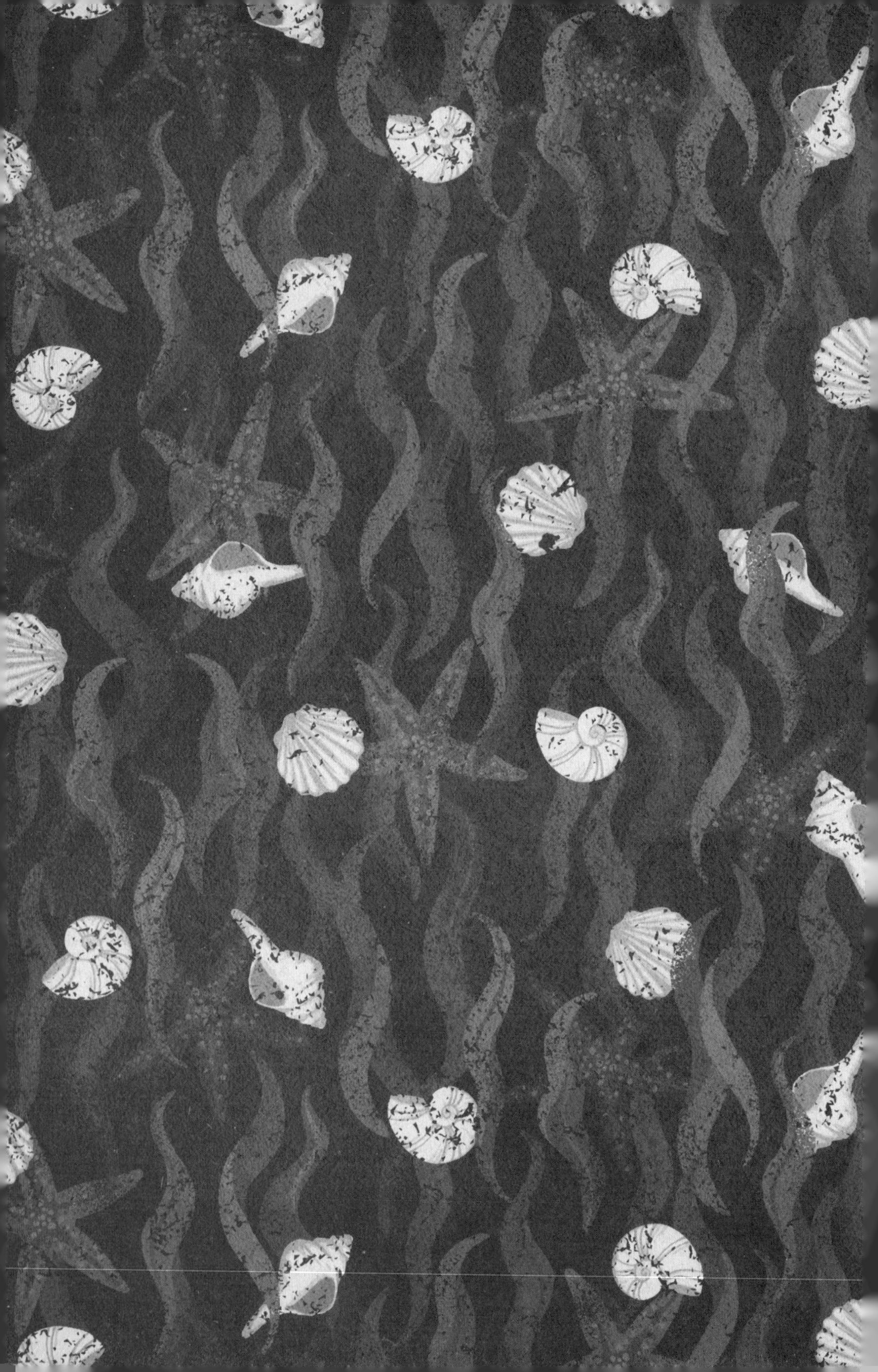

Kapitel
Zwei

Arielle wirbelte herum und sah, dass der Hai schon fast am Fenster hinter Fabius war.

„Fabius! Vorsicht!“

Fabius drehte sich genau in dem Moment um, in dem der Hai durchs Fenster krachte. Der Raubfisch biss wild um sich. Arielle konnte kaum schnell genug ausweichen. Der Hai schnappte nach ihrer Schwanzflosse, und als sie sich gerade so noch wegdrehen konnte, verlor sie ihre

Tasche. *O nein!* Doch sie hatte keine Zeit, um ihren verlorenen Schatz zu trauern, sie musste sich auf den Hai konzentrieren, der angriffslustig sein Gebiss bleckte. Sie stürzten aus der Kabine in einen Gang. Arielles Herz schlug wild. Aufgefressen zu werden war nun wirklich nichts, was sie sich für heute vorgenommen hatte.

Als sie das andere Ende des Schiffs erreichten, hielt Arielle inne. Es war unheimlich still, und das machte sie nervös. Sie konnte den Hai nicht mehr hören.

„Arielle …“, flüsterte Fabius.

Sie schaute sich vorsichtig um. *War er weg?*

Kracks!

Urplötzlich brach der Hai durch den Rumpf hinter ihnen. Arielle spürte seinen heißen Atem an ihrer Schwanzflosse. Der Hai hatte so viel Schwung, dass er auf den Boden schlug, und Arielle und Fabius sausten davon. Sofort setzte der Hai ihnen nach. Eine seiner Flossen riss die Planken auf, als er die beiden verfolgte. Sie retteten sich durch ein Loch in einer Wand, doch der Hai brach einfach hindurch. Trümmerteile wirbelten durchs Wasser. Arielle schwamm schneller. Sie mussten Abstand zu dem Hai gewinnen und …

Arielle bremste abrupt ab, als ihr klar wurde, dass sie Fabius nicht mehr sehen konnte. Sie schaute sich panisch um. *Wo war er?* Sie entdeckte sein Versteck – im selben Moment wie der Hai.

„Fabius!", rief sie. Sie musste etwas tun – jetzt, sofort. Durch ein Loch in der Wand sah sie den Spiegel schimmern. Und hatte eine Idee.

Es war nicht ungewöhnlich, dass Arielle in Sekundenschnelle Ideen durch den Kopf schossen, sie war eine Schnelldenkerin. Sie zögerte keine Sekunde und stieß ein Fass in Richtung des Hais. Er sah auf und richtete den Blick fest auf sie. Sein Maul mit den furchteinflößenden Zähnen verzog sich zu etwas wie einem Lächeln, dann stürzte er auf Arielle zu. Sie flitzte durch das Loch in die Kabine, in der sie ihren Schatz entdeckt hatte.

Sekunden später krachte der Hai durch die Wand und kam auf sie zu. Zu ihrem Glück merkte er nicht, dass er das Maul vor ihrem Spiegelbild aufriss. Sein Körper barst durchs Glas und blieb in dem schweren runden Rahmen stecken.

Eins zu null für Arielle.

Im Nu schwamm Fabius an die Seite der echten Arielle.

Einen Augenblick lang beobachteten sie die vergeblichen Befreiungsversuche des Hais. Dann sah Arielle zu Boden und entdeckte ihre Tasche, sie lag genau dort, wo sie sie verloren hatte. *Puh, so ein Glück,* dachte sie. Sie hob die Tasche auf, stopfte Fabius hinein und sauste aus dem Schiff.

Der Hai mochte zwar feststecken, doch Arielle verlangsamte ihre Geschwindigkeit erst, nachdem sie einen Steilhang hinauf zu einem weiten Felssockel geschwommen war. Sonnenstrahlen brachen durch die Meeresoberfläche und erleuchteten die Unterwasserlandschaft. Alles war ruhig und sicher. Hier oben lauerten keine Haie. Arielle holte Fabius aus der Tasche und runzelte die Stirn, als sie merkte, wie er zitterte.

„Alles okay?" Sie hatte ein klitzekleines bisschen ein schlechtes Gewissen, weil er ihretwegen fast in einem Raubfischrachen gelandet wäre.

Fabius machte ein tapferes Gesicht und nickte. „Klar doch, ich mein', ich hab' schon größere Haie gesehen." Er pumpte sich auf. „Es geht darum, du weißt schon … Man darf keine Angst zeigen. Man muss ihnen klar machen, wer der Bo… – *AAAAHHH!*" Er brachte sich in Sicherheit, als ein Vogel pfeilschnell ins Meer tauchte.

Arielle schüttelte den Kopf. Manche Dinge änderten sich nie.

„Komm wieder raus, Fabius. Das ist doch bloß Scuttle."

Scuttle war eine schrullige Möwe. Sie schnappte sich einen Fisch und schwamm zur Wasseroberfläche hinauf. Dann taucht sie wieder hinunter, um ihren Freunden Hallo zu sagen, und paddelte zu einem Felsen, der aus dem Meer ragte.

„Arielle! Hey Kleine, wie geht's? Lass dich nicht stören. Ich hab mir nur einen kleinen Snack besorgt."

Arielle schwenkte ihre Tasche. „Sieh mal! Wir haben einen neuen Schatz gefunden."

„Ja, wir sind in dieses versunkene Schiff rein. Es war echt gruselig." Fabius verzog das Gesicht und schauderte.

„Menschenkram!“ Scuttle hopste an die Felskante und grinste begeistert. „Prima, prima, lass mich mal sehen!“

„Hast du eine Ahnung, was das ist?“ Arielle zeigte ihr den kleinen Dreizack.

Scuttle betrachtete ihn eingehend. Sie hatte nicht die geringste Ahnung, was das war, aber ihr Motto lautete: *Im Zweifelsfall denk ich mir was aus*. „Wow, klar doch“, sagte sie und nickte wissend. „Das ist sehr, sehr ungewöhnlich.“

Arielle beugte sich aufgeregt vor. „Was? Was ist es?“ Ihr schossen viele Ideen durch den Kopf: Vielleicht war es eine Spielzeugwaffe? Oder was zum Dekorieren? Oder eine Art Schlüssel?

Scuttle räusperte sich und nickte wichtigtuerisch.

„Das ist … ein Dingelhopper!“

„Ein Dingelhopper“, wiederholte Arielle staunend. *Was Scuttle alles wusste.*

„Genau, Menschen benutzen diese hübschen Piekser, um sich die Haare schick zu machen. Du drehst ihn ein bisschen und du ziehst ein bisschen.“ Scuttle machte es vor und wickelte sich das Ding in die Kopffedern. „Und schon hast du diese schmeichelnde Haartracht, nach der die Menschen ganz wild sind."

Arielle drehte sich entzückt mit dem Dingelhopper eine Locke. „Oh, das würde ich gerne mal sehen."

„Geht nicht", blubberte Fabius, wie immer einfach nur vernünftig.

„Fabius!", schimpfte Arielle.

„Du weißt, dass es nicht geht."

Scuttle nickte verständnisvoll. „Dein Vater lässt dich immer noch nicht an die Oberfläche, was?"

„Nee. Streng verboten. Er hält alle Menschen für Barbaren." Arielle verstand nicht, warum ihr Vater so halsstarrig war, wenn es um Menschen ging. Alles, was sie in den Wracks gefunden hatte, deutete darauf hin, dass Menschen sich viele Gedanken machten und erfinderisch waren. Sie könnten bestimmt eine Menge von den Menschen lernen, wenn ihr Vater nur nicht so engstirnig wäre.

Seufzend zog sich Arielle den Dingelhopper aus den Haaren und ließ ihn wieder in ihre Tasche gleiten.

„Och, die sind gar nich' so übel", sagte Scuttle und schwieg dann nachdenklich. „Na ja, außer du bist eine Kokosnuss. Sie hassen Kokosnüsse. Ich schwör's, wenn sie eine finden, hauen sie sie in Stücke. So." Scuttle schlug ihren Kopf auf den Felsen. „So was von durchgeknallt."

Arielle zog noch etwas aus der Tasche, um es Scuttle zu zeigen. Da ließ eine Stimme aus dem Meer sie alle zusammenzucken.

„ARIELLE!"

Arielle ließ das Ding vor Schreck fallen.

„ARIE… – Autsch!"

Sebastian sah mit missbilligendem Gesicht zu ihr hoch. „Arielle! Was treibst du hier oben? Vergeudest deine Zeit mit diesem trotteligen Vogel, der schwimmen nicht von fliegen unterscheiden kann?"

„Hey!", krächzte Scuttle.

Sebastian ignorierte sie. „Ich nehme an, du hast völlig vergessen, dass heute Abend Korallenmond ist?"

Arielle riss die Augen auf. „O nein!"

„O ja! Alle Töchter König Tritons sind zusammengekommen, *bis auf eine.*“ Sebastian fuchtelte anklagend mit einer seiner Scheren.

„Oh, mein Vater bringt mich um!“ Arielle war schon oft zu spät gekommen, aber noch nie zu etwas so Wichtigem wie dem Korallenmond-Fest. Ihr Vater würde außer sich vor Wut sein. Schlimmer noch, er würde sie mit diesem enttäuschten Gesichtsausdruck ansehen, bei dem sie sich noch winziger fühlte als ein Planktonteilchen. „Sorry, Scuttle, ich muss weg.“

Sie schwamm eilig los, Fabius und Sebastian folgten ihr dichtauf.

Sie ahnten nicht, dass sie beobachtet wurden.

* * *

Tief unten im Meer, dort, wohin die Lebendigkeit und Lebensfreude aus Tritons Reich nie gedrungen war, wartete Ursula. Ihre Lieblinge, die Muränen Abschaum und Meerschaum, verfolgten Arielle auf ihrem Weg zum Palast. Die Meerhexe mit den langen, tentakelähnlichen Armen lehnte sich zurück und sah sich alles in einer großen, schwarz schimmernden Perle an, die mitten in ihrer Höhle schwebte.

Ursula lächelte bitter. „Ja, schwimm nur eilig nach Hause, Prinzesschen. Wir wollen doch nicht zu spät zu Daddys Zusammenkunft kommen, nicht wahr? Vielleicht komme ich ja auch – aber Moment mal." Sie sah sich gespielt nach einer nicht vorhandenen Einladung um. „So ein Pech ... Es scheint, als hätte man vergessen, Ursula einzuladen – *wieder einmal*."

Sie verspürte das dringende Bedürfnis, auf etwas einzuschlagen, griff aber stattdessen in einen Käfig und zog eine lebende Garnele heraus.

„Ich sollte diejenige sein, die Partys schmeißt! Und nicht auf eine Einladung warten müssen!" Sie stopfte sich die Garnele in den Mund, kaute, ohne etwas zu schmecken, und spuckte den Panzer aus.

Ich bin nur noch ein Schatten meiner selbst, dachte sie. *Und warum?* Seit fünfzehn langen Jahren lebte sie nun schon im Exil, verbannt in diese düstere Höhle und zu Tode gelangweilt.

Manchmal schaute Ursula sich um und eine Welle von Traurigkeit überflutete sie. Bittere Kälte herrschte in den Tiefen des Meeres – aber noch bitterer war die Einsamkeit. Gut, sie hatte ihre Muränen. Abschaum und Meerschaum waren ihre ganze Freude. Als sie jung gewesen war, hatte man Ursula als Partykönigin gekannt. Manche hatten sie „laut und überkandidelt" genannt, doch niemand hatte bezweifelt, dass sie eine echte Stimmungskanone war.

„Und Daddy feiert mit seinen lieben kleinen Meer-Gören Jahr für Jahr den Korallenmond." *Das ist nicht fair!*, dachte die Meerhexe zornig.

Tief einatmen, Ursula, ermahnte sie sich. Jetzt war nicht die Zeit, sich in Selbstmitleid zu suhlen. Eines konnte man nun wirklich nicht von Ursula behaupten: dass sie sich geschlagen gab. In den letzten fünfzehn Jahren hatte sie Magie angehäuft, mehr und mehr von ihrer ganz eigenen Magie.

Wenn diese Meerjungfrauen etwas feiern wollten, würde Ursula ihnen einen Anlass liefern. Sie griff nach der Nautilusschnecke, die sie an einer Halskette trug, und drehte sie zwischen den Fingern, während sie sich zu der großen Perle vorbeugte. In ihren schwarzblauen Tiefen erkannte sie Arielle. „Mir scheint, ich habe Daddys schwachen Punkt doch noch gefunden.“ Arielles Neugier auf alles Menschliche könnte ihr von Nutzen sein. Ein Grinsen breitete sich auf Ursulas Gesicht aus, als sie begann, einen Plan zu schmieden.

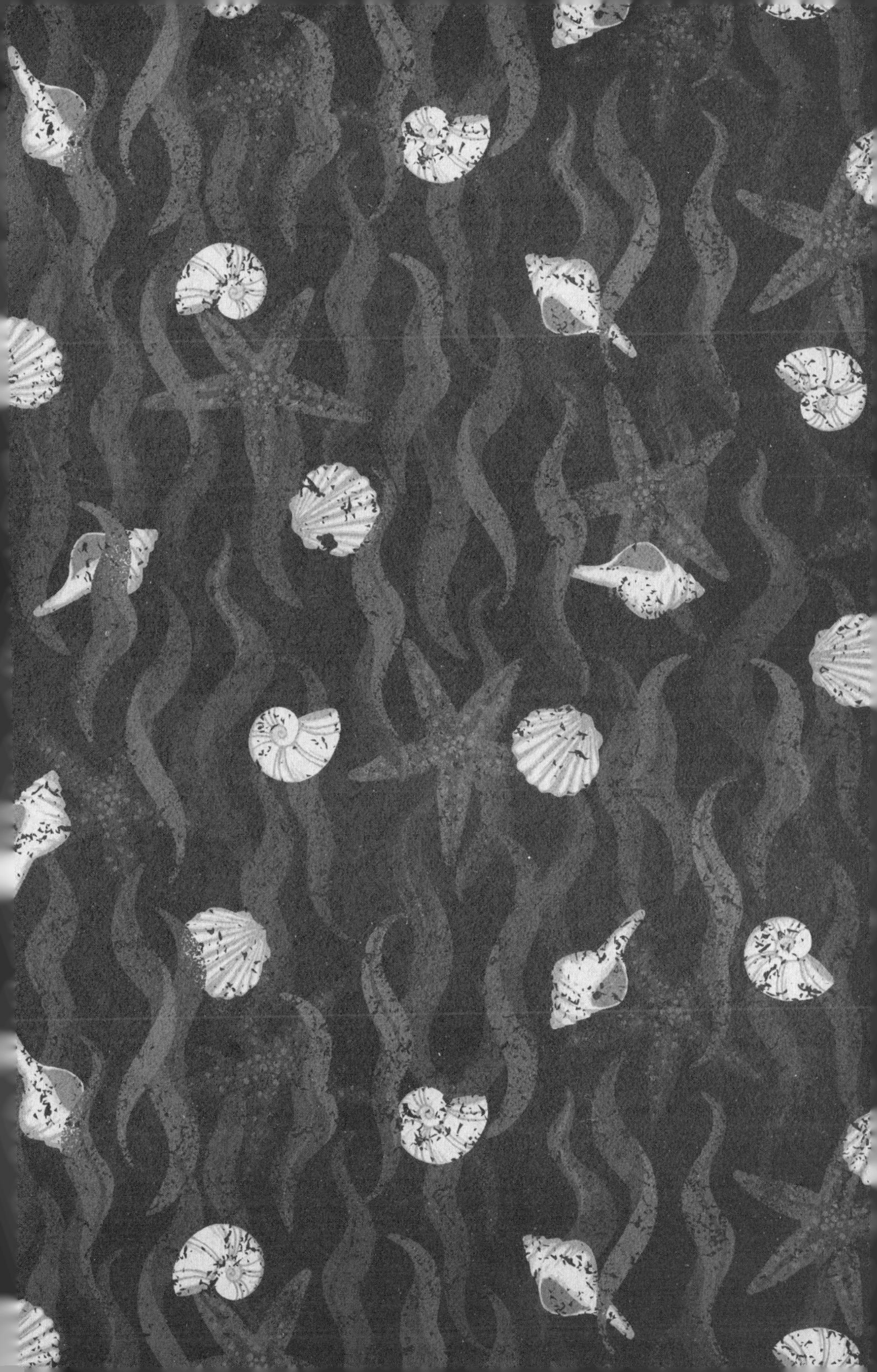

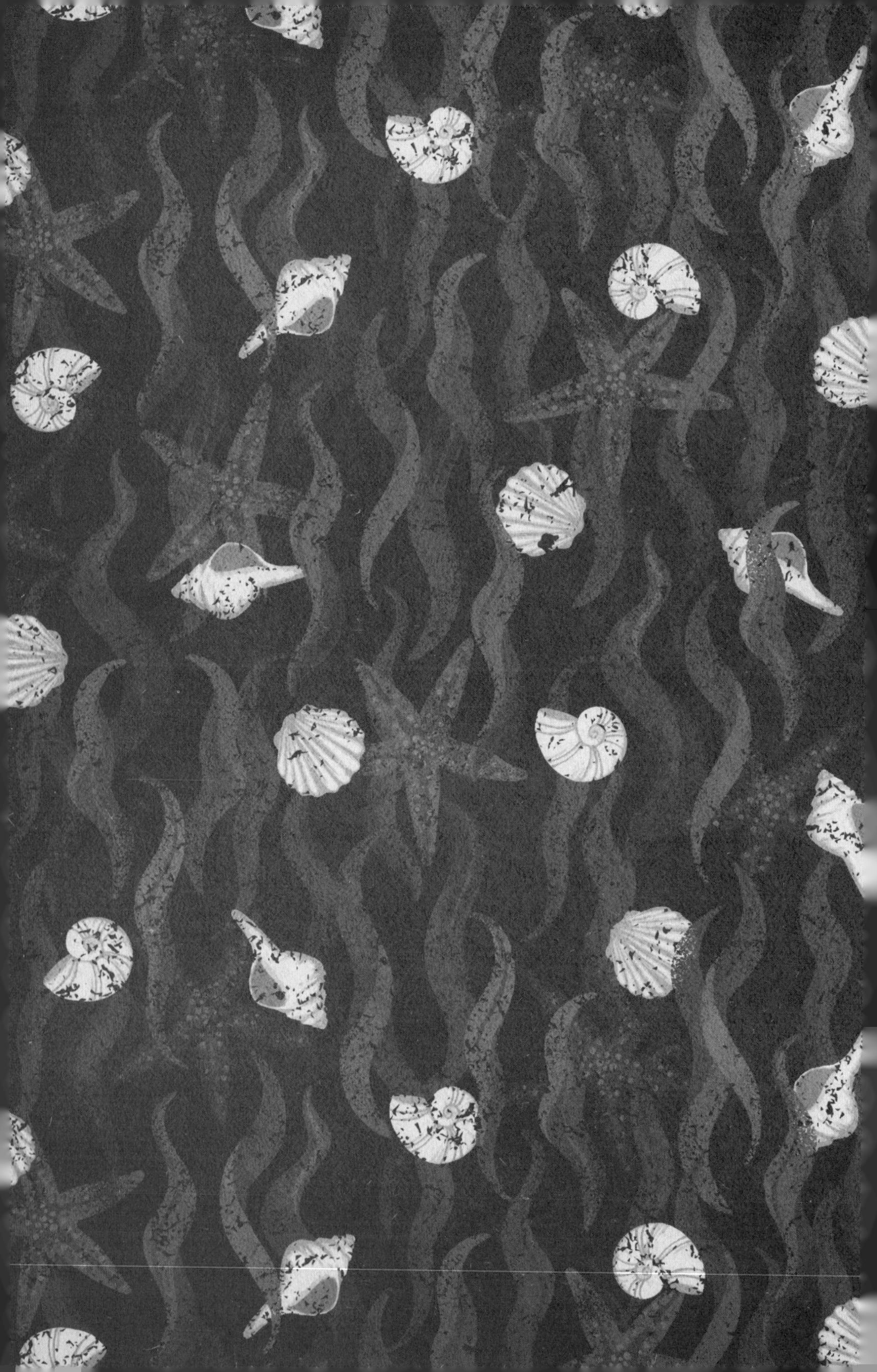

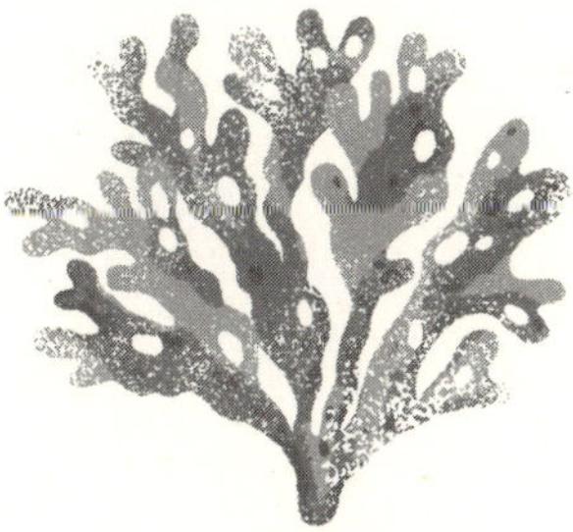

Kapitel Drei

Egal, was sein jüngstes Kind dachte – König Triton machte es überhaupt keine Freude, seine Töchter anzubrüllen. Als Sebastian, gefolgt von der schuldbewusst wirkenden Arielle und Fabius, in den Thronsaal kam, versuchte er, seinen auflodernden Zorn zu bezähmen. Ohne Erfolg. Seine Jüngste schaut sich um, als hoffte sie, ihre Schwestern würden hinter den Korallen hervorhüpfen und ihr versichern, dass sie auf die Minute pünktlich wäre.

Doch ihre Schwestern waren nicht da. Weil sie zu spät kam. *Schon wieder.*

Arielle öffnete den Mund, doch Triton bedeutete ihr mit einer Geste zu schweigen. „Ist dir klar, wie unverantwortlich das ist? Deine Schwestern sind nur für eine Phase des Korallenmonds hier. Kannst du dir vorstellen, dass auch nur eine von ihnen diese Zusammenkunft verpassen würde?"

Arielle schaute auf ihre Schwanzflosse und schüttelte den Kopf. „Nein. Du hast recht. Es tut mir leid."

Fabius schwamm an ihre Seite. „Es war nicht Arielles Schuld. Wir waren … wir waren auf Erkundung, und ein Hai hat uns gejagt, und …"

„Ein Hai!", rief König Triton entsetzt. In der Nähe seines Palasts gab es keine Haie. Das konnte nur eines bedeuten. „Du warst schon wieder bei den Wracks. Diese Gewässer sind gefährlich!"

„Du musst dir keine Sorgen um mich machen." Arielle verschränkte trotzig die Arme vor der Brust.

Es war schon fast komisch – Kinder begriffen einfach

nicht, dass man sich unmöglich *keine* Sorgen um sie machen konnte. Triton drückte Arielles Arm, um sie, wie er hoffte, zu besänftigen. „Aber ich mache mir Sorgen, Arielle. Du bist von Menschen geradezu besessen, das muss aufhören."

Sie seufzte. „Ich will doch nur mehr über sie wissen."

„Du weißt alles über sie, was du wissen musst."

„Ich weiß so gut wie gar nichts. Du lässt uns ja nicht mal an die Meeresoberfläche."

Nicht das schon wieder. Triton rieb sich die Schläfen, seine Kopfschmerzen meldeten sich wieder. „Warum bist du nur so dickköpfig? Genau wie deine Mutter."

„Ich bin ja auch ihre Tochter."

„Und genauso unüberlegt von der Menschenwelt angezogen", brummte der Meerkönig.

„Wenn du wenigstens versuchen würdest, es zu verstehen ..."

„Ich habe es versucht", unterbrach Triton sie. Sein entschiedener Tonfall ließ keine Widerworte mehr zu. Seine Geduld hatte sich erschöpft. Er wollte nur eines, seine

Tochter beschützen, denn eine andere, die er liebte, hatte er nicht beschützen können …

„Ich habe lange genug versucht, dich zu verstehen. Aber solange du in meinem Meer lebst, wirst du dich an meine Gebote halten!“ Er war so laut geworden, dass es sowohl seine Tochter als auch ihn selbst erschreckte. „Hast du *das* verstanden?“

Arielle zuckte zusammen. Es quälte Triton, ihr schmerzerfülltes Gesicht zu sehen. Doch er durfte nicht schwach werden, er musste es ihr begreiflich machen. Die beiden starrten sich an, dann drehte Arielle sich um und schwamm wortlos davon. Fabius zögerte einen Moment, bevor er ihr folgte.

Der Meerkönig seufzte tief. Sebastian trippelte zu ihm.

„Kinder – man reicht ihnen den kleinen Finger, und sie wollen wie gierige Piranhas die ganze Hand.“

Triton starrt noch einen Moment auf die Stelle, an der Arielle geschwebt hatte, dann sah er Sebastian an. „War ich zu streng mit ihr?“ Er hatte es gehasst, wenn sein Vater ihn angebrüllt hatte. Hatte er seinen Eltern auch solche Sorgen bereitet?

„Ganz bestimmt nicht", versicherte ihm Sebastian. „Wie ich immer zu sagen pflege, Kinder müssen sich an die Gebote ihrer Eltern halten."

„Du hast völlig recht. Arielle darf man keine Sekunde aus den Augen lassen."

Sebastian nickte und krabbelte auf Tritons Schulter. „Keine Sekunde."

„Man muss auf sie aufpassen."

„Ständig, Tag und Nacht", betonte Sebastian und nickte immer noch.

„Und du bist genau der Richtige dafür." Triton lächelte.

„Und ich bin genau der Ri… Moment, was? – Nein, nein, ich diene *Euch*, Majestät, als Euer ergebener Haushofmeister."

„Du kannst mir keinen größeren Dienst erweisen, als aufzupassen, dass meine Kleine nicht in Schwierigkeiten gerät."

„Aber ich, äh …"

„Geh, geh!“ Der Meerkönig scheuchte den Krebs davon. Es war keine Zeit zu verlieren.

Sebastian ließ resigniert den Kopf hängen. „Sehr wohl, Majestät.“

Vor sich hin murmelnd, er wäre schließlich ein kultiviertes Krustentier und kein Babysitter für aufmüpfige Teenager, verließ er den Thronsaal.

Triton konnte auf Sebastians Unwillen keine Rücksicht nehmen, er brauchte seine Hilfe. Er seufzte, und auf einmal überkam ihn eine große Sehnsucht. Er vermisste seine Frau. Wie sollte er es schaffen, ohne sie ein so rastloses und starrsinniges Kind wie Arielle großzuziehen?

✲ ✲ ✲

Arielle war blind vor Wut und Schmerz aus dem Thronsaal geschwommen. Ihre Glieder hatten sich mechanisch bewegt und sie an den Ort geführt, an den sie sich immer flüchtete, wenn es ihr nicht gut ging: ihre geheime Unterwassergrotte.

Sie hatte sie durch Zufall entdeckt, als sie nach einem ähnlichen Streit mit ihrem Vater ein Versteck brauchte. Im Laufe der Zeit hatte sie die Grotte mit ihren gesammelten Schätzen gefüllt. Überall standen eindrucksvolle Gegenstände aus Messing, Elfenbeinschnitzereien, Bücher, Gemälde und Flaschen in allen Formen und Farben. Normalerweise zauberten diese wunderbaren Menschensachen ein Lächeln auf Arielles Gesicht, doch nun hockte sie mit gesenktem Kopf zutiefst betrübt da.

Fabius schwamm besorgt zu ihr. „Arielle, ist alles okay?"

„Er hört mir nie zu!" Arielle setzte sich auf und schluchzte traurig. „Ich bin nicht wie er. Ich sehe die Dinge nicht so wie er." Er hielt *sie* für starrsinnig, dabei wollte sie doch nur, dass er ihr *zuhörte*. „Ich begreife nicht, dass eine Welt, die so wunderschöne Dinge hervorbringt, schlecht sein soll."

Der Einfallsreichtum der Menschen ließ Arielle immer wieder staunen. Sie hätte sich nicht einen dieser fantastischen Gegenstände ausdenken können, und da draußen gab es bestimmt noch viel, viel mehr.

Sie hatte schon immer davon geträumt, die Welt hinter ihren sieben Meeren kennenzulernen. Vielleicht war das dumm, sie hatte in ihrer Welt so vieles: Sie war die Tochter des mächtigen Meerkönigs, und sie wusste, dass ihr Vater sie liebte. Das sollte doch ausreichen – aber trotzdem …

Sie glitt durch die Grotte und strich sanft über ihre Schätze. Sie schloss die Augen und stellte sich vor, wie sie über einen Strand lief und den Sand unter ihren Füßen spürte. Sie wollte wissen, wie es war, wenn man *stand*, und wie sich die Sonne auf dem Gesicht anfühlte. Sie wollte sich von der erdrückenden Macht des Meeres befreien und eine Freiheit spüren, die es für sie hier unten nicht gab. Sie wollte sich mit der großen weiten Welt verbunden fühlen, von der ihre Mutter gewusst hatte.

Durch den Eingang der Grotte konnte Arielle die Meeresoberfläche sehen. Die Strahlen des Mondes brachen sich darin. Sie ließ sich treiben und streckte die Hand aus, wie um die Mondstrahlen zu berühren. Da oben gab es eine ganze eigene Welt, der sie sich so nah und doch so fern fühlte.

Sie spürte eine unerträgliche Sehnsucht. Plötzlich blitzten über der Meeresoberfläche farbige Lichter auf. Was war da oben los? Sie war bis in die Flossenspitzen neugierig. Ihr Vater verstand das nicht, aber sie *musste* einfach frei sein. Arielle überlegte nicht lange und schwamm geradewegs nach oben.

„Nein, Arielle, nicht!“, rief Fabius. Doch nichts und niemand konnte sie noch aufhalten.

Arielle tauchte zum ersten Mal in ihrem Leben aus dem Meer auf.

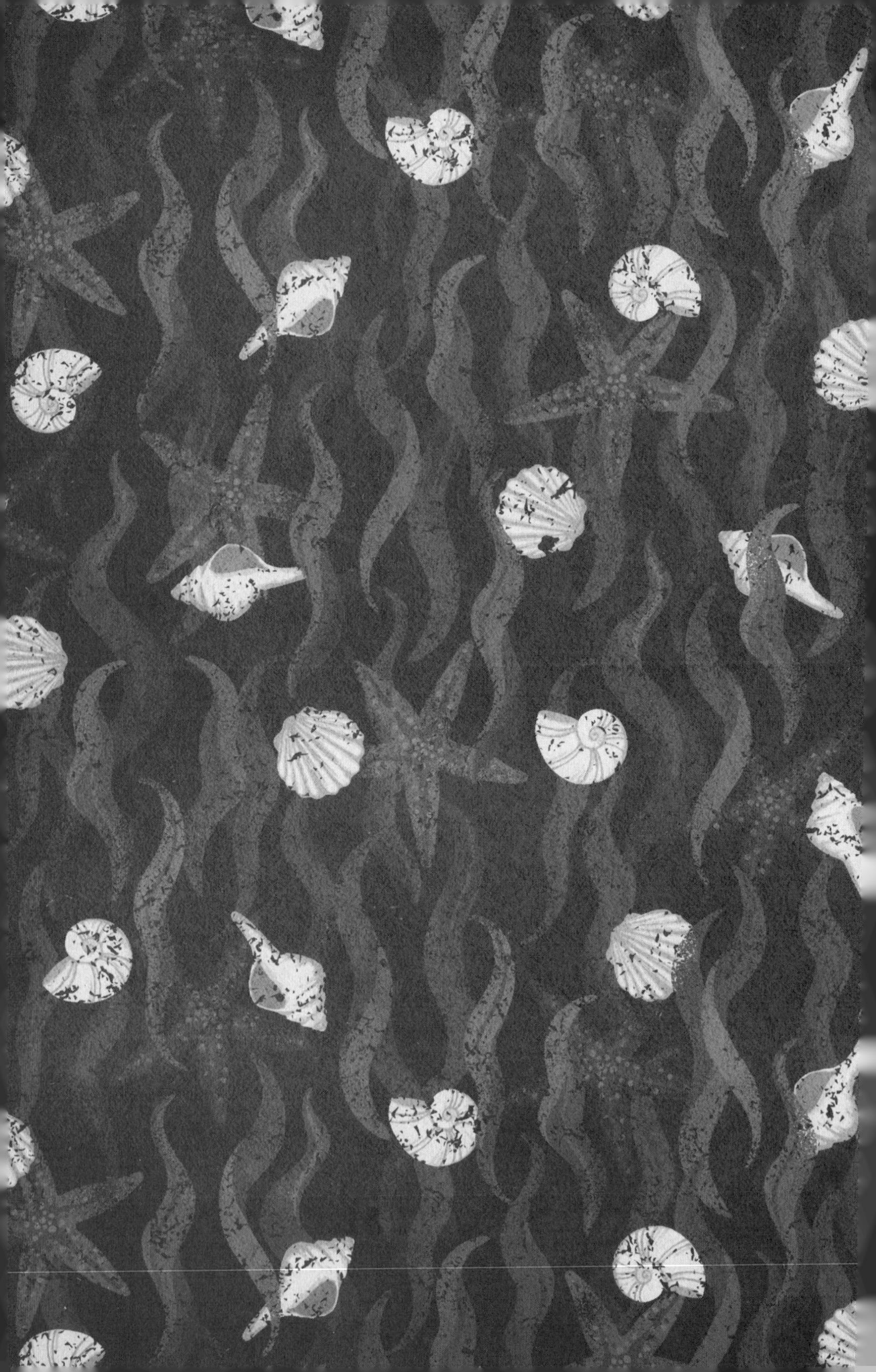

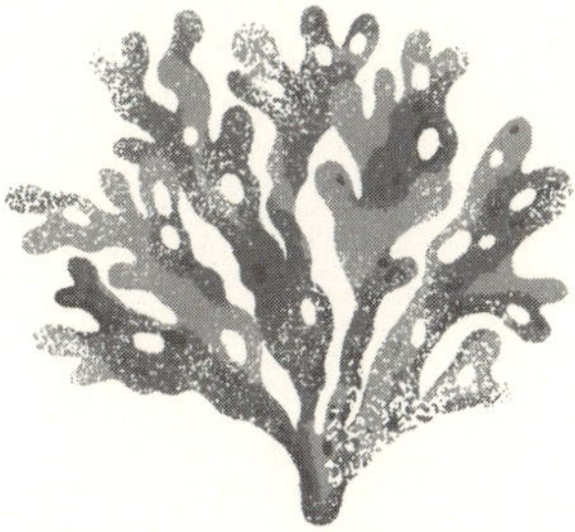

Kapitel Vier

Alles ist so bunt!, war das Erste, was Arielle dachte, als sie die Welt über dem Meer erblickte. Am Nachthimmel explodierten Feuer, die Regenbogenfarben versprühten. Arielle zuckte zusammen, als um sie herum Feuer aufs Meer regnete, doch das begeisterte Lächeln blieb auf ihrem Gesicht. So etwas hatte sie noch nie gesehen. Das war der Einfallsreichtum, den sie ihrem Vater einfach nicht begreiflich machen konnte.

Die Feuer schossen von einem großen Segelschiff auf, das mit hellen Laternen geschmückt war. Am Himmel stand der Korallenmond und tauchte alles in sein rotes Licht.

Musik und Menschenstimmen wehten zu Arielle herüber. Neugierig schwamm sie auf sie zu. Sie zog sich in ein kleines Rettungsboot hinauf, das an der Schiffswand hing. Sie konnte nicht viel mehr sehen als hüpfende Beine und Schuhe, aber sie hörte die Menschen fröhlich singen.

Arielle lächelte. Die Fröhlichkeit war ansteckend. Vorsichtig schob sie sich höher, um besser sehen und hören zu können.

✲ ✲ ✲

Eines steht zweifelsfrei fest: Selbst mitten auf dem großen, weiten Meer wussten Seeleute, wie man ein rauschendes Fest feiert. An diesem Abend war es Prinz Eriks Geburtstag.

Die Männer ließen jubelnd Feuerwerkskörper in den Himmel steigen. Es gab zu essen und zu trinken, und ein

Seemann spielte Geige. Erik saß in der Decksmitte und streichelte seinen wuscheligen Schäferhund Max. Er grinste die Männer an, die um ihn saßen, und fiel mit ein, als sie ein altes Seemannslied schmetterten.

Bald tanzte er und sang aus voller Kehle. Was für ein Spaß! Endlich konnte er einmal so tun, als wäre er ein ganz normaler Seemann, der keine „wichtigen" Aufgaben hatte. Doch Sir Grimsby machte dem schnell ein Ende.

„Danke, meine Herren, vielen Dank." Grimsby packte Erik am Arm und zog ihn von den Matrosen fort.

„Och, Grimsby. Was ist denn so falsch daran, wenn ich mal ein bisschen Spaß habe? Die andern haben doch auch welchen." Grimsby war ein guter Kerl, aber wirklich, er konnte eine echte Spaßbremse sein.

„Ihr, Sire, seid nicht wie die anderen", erwiderte Grimsby. „Es wird Zeit, dass Ihr Euch vom Rest der Mannschaft fernhaltet …"

„Aber ich gehöre zur Mannschaft", protestierte Erik.

„… und Euch so benehmt, wie es einem zukünftigen König angemessen ist." Grimsby streckte den Rücken durch, als verlangte schon das Reden über königliche Pflichten eine steife Haltung.

Erik hasste es, wenn er daran erinnert wurde, dass er Prinz war – und bald schon König sein würde. „Du meinst, ich sollte mehr sein, wie mein Vater gewesen ist, zurückgezogen und abgeschnitten vom Rest der Welt leben." Sie hatten diese Diskussion schon so oft geführt. *Es wird Zeit, dass du vernünftig wirst, Erik. Du bist nicht wie die anderen.* Grimsby meinte es ja gut, er versuchte nur, ihn auf seine unvermeidliche Zukunft vorzubereiten, doch bei jeder dieser Diskussionen kam es Erik so vor, als würde er zu Kerkerhaft verdonnert.

Grimsby legte Erik die Hand auf die Schulter. Weder er noch der Prinz merkten, dass Max zur Reling trottete, weil er dort etwas entdeckt hatte.

„Du weißt, wie ich es meine, Erik." Grimsbys Blick wurde sanfter. „Als du vor einundzwanzig Jahren zu uns kamst, haben der König und die Königin dich angenommen, als wärst du ihr eigenes Kind. Und nun, da du volljährig bist ..."

„Max?“ Erik hatte endlich gemerkt, dass sein Hund nicht mehr an seiner Seite war. „Max? Was machst du da? Komm her, Junge!“ Max stand auf den Hinterbeinen an der Reling und schaute munter hechelnd aufs Meer.

Der Prinz ging zu ihm und zauste ihm das Fell. „Was willst du denn da gesehen haben, du dummer Kerl?“

* * *

Arielles Herz raste, als sie sich tiefer in das Rettungsboot duckte, damit der Mensch, der nach „Max“ gerufen hatte, sie nicht entdeckte. Im Meer gab es keine Wesen wie diesen Max, wuschelig und mit *vier* Beinen! Wenn sie sein Schwanzwedeln und Hecheln richtig deutete, mochte er sie.

Zwischen den Streben der Reling erschien eine Hand, streichelte über den Kopf des Wesens und zog es fort.

„Erik, da du nun volljährig bist, musst du Pflichten in deinem Reich übernehmen“, sagte eine zweite Stimme. „Dein Vater hätte das von dir erwartet.“

„Na sicher doch, und mit meiner Angst und Einsamkeit im Schloss gefangen sein", kam die sarkastische Antwort. „Ich kann das nicht."

Arielle reimte sich alles zusammen: Der Mensch, der das wuschelige Wesen gestreichelt hatte, hieß Erik und war offensichtlich ein Prinz. Er drückte mit seinen Worten besser als irgendjemand sonst aus, was *sie* fühlte. Sie wusste nicht, ob sie es beruhigend oder beängstigend finden sollte, dass es in der großen weiten Menschenwelt jemanden gab, der sich genauso gefangen fühlte wie sie. Vielleicht ging es jedem Königskind so.

„Ich halte etwas Angst für durchaus ratsam", sagte der andere Mensch.

„Grimsby", stöhnte Erik. „Du hörst mir nicht zu. Ich will als Landesoberhaupt neue Wege gehen. Deshalb machen wir diese Reise. Verstehst du das denn nicht? Wir müssen offen für alles sein, was hier draußen ist. Nur so hat unsere Insel eine Chance, zu wachsen und zu gedeihen."

Erik beugte sich über die Reling und schaute aufs Meer hinaus. Arielle presste sich gegen die Planken des Boots.

„Ich kann das nicht erklären, Grims. Es liegt mir im Blut. Selbst jetzt habe ich das Gefühl, dass da draußen etwas ist, das nach mir ruft.“

Arielle wagte einen Blick auf sein Gesicht. Sie hatte noch nie einen Menschen gesehen und schon gar nicht so nah. Wie wunderbar! *Und er sieht ziemlich gut aus,* dachte sie und bekam rote Wangen. Dieser begierige Blick, mit dem er das Meer betrachtete. Die Sehnsucht in seiner Stimme. Er war nicht wie die Barbaren mit den scharfen Zähnen und hasserfüllten Augen, von denen ihr Vater erzählte. Nein, je länger Arielle diesen Menschen ansah, desto deutlicher erkannte sie das Staunen in seinen Augen.

Kalte Regentropfen platschten auf ihr Gesicht und rissen Arielle aus ihren Betrachtungen. Sie folgte Eriks Blick zu den düsteren Wolken am Horizont.

„Ein Sturm zieht auf!“, rief Erik, und sofort liefen die Matrosen übers Deck und kletterten in die Masten. Erik löste sich von der Reling und brüllte Befehle. Der Himmel öffnete seine Schleusen und ließ einen Wolkenbruch aufs Deck herunterprasseln. Das Schiff begann zu schlingern.

Arielle drehte sich vor Angst der Magen um. Der Sturm war in nur wenigen Sekunden über ihnen und wütete immer stärker. Er peitschte den eiskalten Regen in dichten Schleiern übers Meer. Das Schiff, das eben noch riesig und massiv gewirkt hatte, tanzte nun wie ein Spielzeug auf den gewaltigen Wellen. In solchen Stürmen mussten die Schiffe untergegangen sein, in deren Wracks Arielle ihre Schätze sammelte.

Sie zog sich hoch und schaute durch die Streben der Reling. Erik hatte das Kommando übernommen und brüllte: „Alle Luken dicht, Kisten festzurren!" Die Männer gehorchten ihm. Arielle schaute gebannt zu, wie selbstbewusst und entschlossen er sich bewegte, so als hätte er seine Matrosen schon durch viele Stürme gelotst. Sie fragte sich, ob sein Selbstbewusstsein wirklich größer war als seine Angst, oder ob es die Pflicht eines Prinzen war, Stärke vorzugeben.

Das Schiff wurde von einer Welle angehoben, das Rettungsboot schaukelte heftig. Bevor Arielle herausgeschleudert werden konnte, sprang sie ins Meer. Sie tauchte wieder auf, schwamm neben dem Schiff her und beobachtete voller Sorge die Menschen. Hörte der Sturm denn nie auf? *Bitte lass sie nicht untergehen!*

✲ ✲ ✲

Erik *hatte* Angst, große Angst. Er hatte Stürme noch nie gemocht. Sie hatten für ihn nie etwas Gutes bedeutet, und als er noch ein Kind war, hatte ein einziger Donnerschlag gereicht und er war ins Schlafzimmer seiner Eltern gerannt. Der Sturm war so plötzlich losgebrochen und so bald auf Grimsbys Ermahnungen gefolgt, dass Erik sich fragte, ob das Universum ihm zürnte. Grimsby war im Grunde ein nachsichtiger Mann, doch das Meer war unerbittlich.

„Haltet den Kurs und refft die Segel!“, befahl er.

„Holt das Vorsegel ein!“, schrie Mulligan gegen das Rauschen des Regens an.

Sofort kletterten Matrosen in die Wanten. Ein gewaltiger Blitz zuckte am Himmel, und für eine Sekunde schien die Welt stillzustehen. Dann brüllte der Sturm wieder und warf das Schiff hin und her. Eine riesige Welle krachte an Deck und riss den Steuermann mit sich. Das Steuerrad drehte sich wild, und das Schiff kam vom Kurs ab. Es trieb nun mit großer Geschwindigkeit auf eine Reihe von schroffen Felsen zu. Erik rannte zum Steuer, um es in letzter Sekunde herumzureißen – doch es war zu spät.

Das Schiff lief krachend auf die Felsen auf. Eriks Kopf schlug gegen das Steuerrad. Er spürte einen stechenden Schmerz – dann wurde ihm schwarz vor Augen.

Chaos brach aus. Matrosen wurden über Deck geschleudert. Eine Kiste löste sich aus den Halteseilen und krachte gegen die Reling. Der Deckel sprang auf und gab eine Statue des Prinzen frei. Die Laternen lösten sich von den Masten und setzten die Segel in Brand.

Erik kam stöhnend wieder zu sich. Das Einzige, was er hörte, war ein schrilles Klingeln in seinen Ohren. Er sah einen hellen Lichtschein und glaubte für einen Moment, dass er warm eingewickelt mit seiner Mutter vor dem gemütlichen Kaminfeuer saß. Aber dann schärfte sich sein Blick und er erkannte, dass das gesamte Deck in Flammen stand. Er sprang auf. „In die Rettungsboote! Alle Mann von Bord!“

Einige Matrosen sprangen schon ins Meer, während andere noch die Rettungsboote hinunterließen. Ein Schiffsjunge, kaum zwölf Jahre alt, starrte angstvoll über die Reling.

„Spring, Junge!“, rief Mulligan ihm zu.

Der Junge war kreidebleich im Gesicht und rührte sich nicht.

Mulligan knurrte, hob den Jungen hoch und warf ihn über Bord. Dann sprang er hinterher.

Grimsby kletterte mit angstbleichem Gesicht unbeholfen auf die Reling und machte es ihm nach.

„Es klemmt“, brüllte Hawkins, der vergeblich versuchte, ein Rettungsboot hinunterzulassen.

Erik griff nach Hawkins' Säbel. „Platz da!“ Er durchschlug das Seil, und das Boot rauschte hinunter und klatschte ins Meer. Sofort schwammen ein paar Matrosen darauf zu. Oben an Deck spürte Erik die Hitze des Feuers auf seinem Gesicht; er konnte durch den Rauch kaum etwas erkennen, doch er blieb, bis sich auch der letzte Mann von Bord gerettet hatte.

Inzwischen brannte das ganze Schiff. Erik machte sich gerade bereit, ins Meer zu springen, als er ein panisches Bellen hörte. Er drehte sich um und entdeckte Max, der auf dem Achterdeck vom Feuer eingeschlossen war.

„Max!"

Erik bahnte sich einen Weg durch die Flammen. „Schon gut, Junge", sagte er, als er seinen zitternden Hund erreichte. Er hob Max hoch und warf ihn ins Meer.

Brennende Holzteile fielen von den Masten. Erik konnte gerade noch zur Seite springen, bevor ihn eines am Kopf traf. Doch dann schlingerte das Schiff so heftig, dass er auf die andere Deckseite geschleudert wurde.

* * *

Arielle hatte sich schon oft gefürchtet, doch nichts war so furchterregend gewesen wie diese Hilflosigkeit. Da waren ein Schiff und Menschen in höchster Not, und sie konnte nicht helfen. Sie hatte die Wracks gesehen, aber noch nie, wie ein Schiff sank. Es war schrecklich.

Etwas konnte sie aber doch tun: den im Meer treibenden Matrosen Rettungsboote entgegenschieben. Sie blieb dabei immer unter Wasser, doch die Menschen waren viel zu sehr mit sich selbst beschäftigt, um auf sie zu achten. Selbst der Matrose, den sie ins Rettungsboot schob, weil er keine Kraft mehr hatte, bemerkte sie nicht. Ganz in ihrer Nähe platschte noch etwas ins Wasser. Es war Max. Er paddelte unbeholfen und winselte laut, als Grimsby nach ihm rief.

„Max! Hierher! Du schaffst das!"

Arielle tauchte zu Max hin, legte eine Hand unter seinen Bauch und lenkte ihn zu Grimsbys Rettungsboot. Max senkte den Kopf und versuchte, ihr übers Gesicht zu lecken, aber da hatte ihn Grimsby auch schon am Fell gepackt und ins Boot gezogen. Einen Moment lang war Arielle erleichtert. Max war in Sicherheit.

Den meisten Männern schien es gelungen zu sein, sich in die Boote zu retten. Aber wo war Erik? Arielle schaute zum brennenden Schiff hinauf und sah, wie er übers Deck geschleudert wurde und über Bord ging. Voller Angst beobachtete sie, wie er ins Meer fiel und unterging.

Arielles Herz raste, als sie auf der Suche nach Erik zwischen den Trümmerteilen herumschwamm. Über ihr brach die Statue des Prinzen durch die Reling, und Arielle schwamm schnell beiseite, als sie ins Meer rauschte. Sie tauchte weiter hinunter und hielt verzweifelt nach Erik Ausschau. Und dann entdeckte sie ihn. Er war bewusstlos und sank tiefer und tiefer hinab. Sie stürzte zu ihm, schlang die Arme um ihn und schwamm mit ihm zur Oberfläche hinauf.

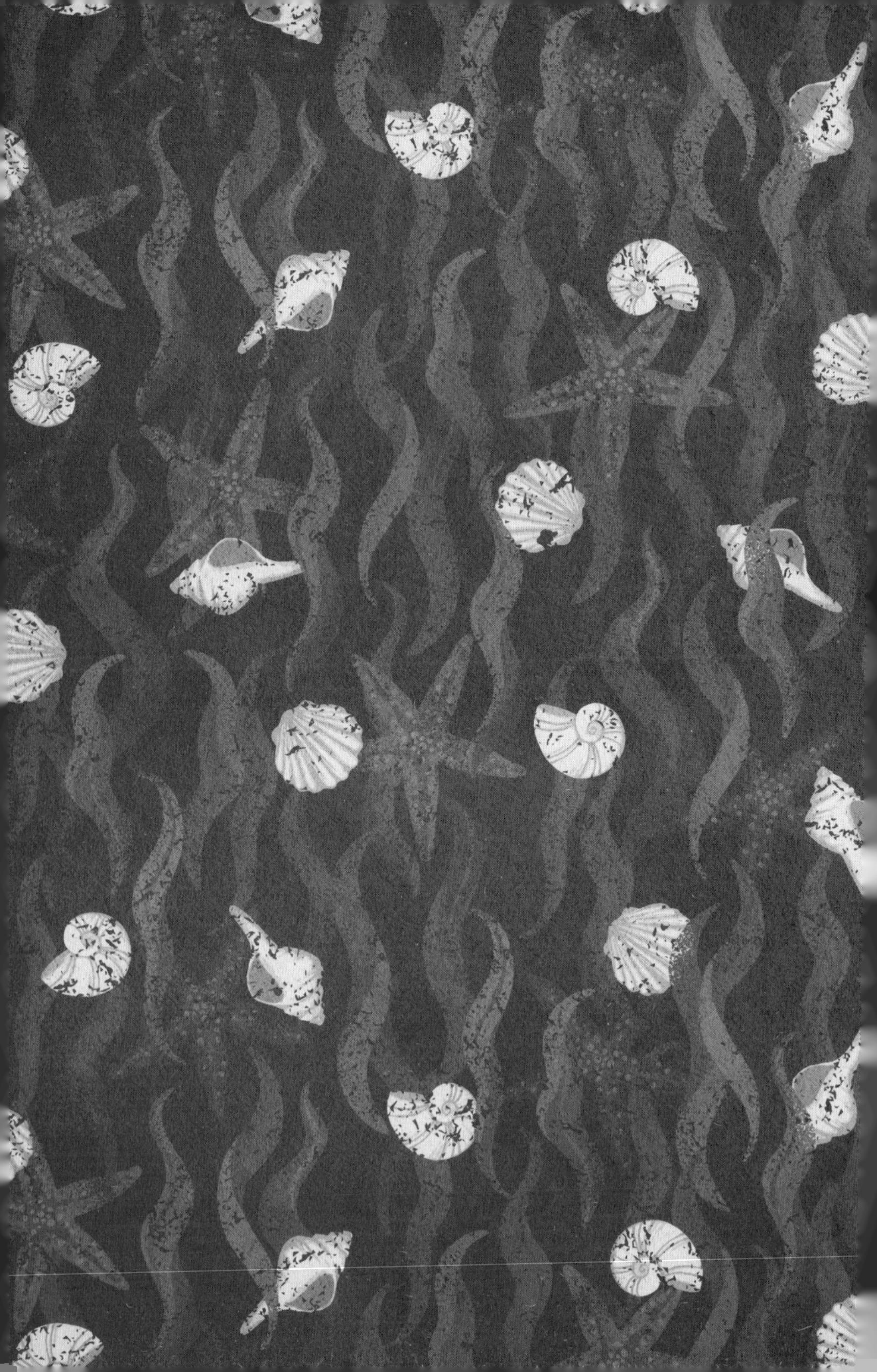

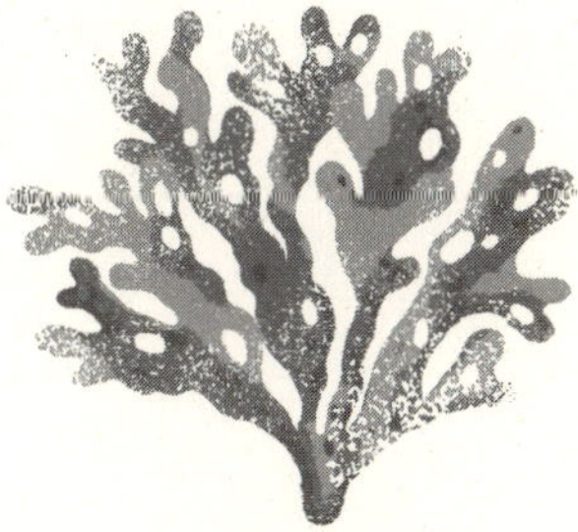

Kapitel Fünf

Sebastian hockte auf einem Felsen im Meer und beobachtete Arielle aus einiger Entfernung. Wurde er etwa alt, ließ sein Augenlicht nach? Das wäre die einzig logische Erklärung, denn es konnte nicht sein, dass dieses Kind das tat, wonach es aussah. Und natürlich würde am Ende *er* schuld sein, und der König würde ihn in Stücke schneiden und den Menschen zum Fraß vorwerfen.

Aber er war zu jung, um gefressen zu werden!

Als wäre sein Elend nicht schon groß genug, landete plötzlich auch noch Scuttle auf seinem Kopf. Sebastian wedelte mit einer Schere. „Runter von mir, du dumme Seekuh!“

„Oh, hey!“ Scuttle hüpfe auf den Felsen. „Hätte nicht gedacht, dich hier zu sehen.“ Mit schief gelegtem Kopf betrachtete sie, was Sebastian seit Minuten Qualen bereitete: Arielle, die *Meerjungenfrauen*-Prinzessin, lag auf dem Strand und beugte sich über einen bewusstlosen *Menschen.* Scuttle blinzelte verdattert. „Ich hab echt nicht erwartet, *sie* hier zu sehen.“

„Nicht!“, rief Sebastian, als Scuttle neugierig näher heranhüpfte. „Hör gut zu, Vogel! Der König darf nie davon erfahren! Wir werden vergessen, was wir gesehen haben.“ Als Scuttle nicht reagierte, zog Sebastian sie am Flügel. Die Möwe kreischte. „Hörst du mir zu?“

Scuttle sah ihn kurz an und richtete ihren Blick wieder auf Arielle. „Ja.“

„Es ist wichtig, Vogel. *Du* wirst ihm nichts sagen, *ich* werde ihm nichts sagen und in *einem* Stück bleiben. Kapiert?“

Scuttle nickte heftig. „Kapiert!" Dann sah sie ihn mit hängenden Flügeln an. „Was hast du gesagt?"

Sebastian hatte das Gefühl, in tausend kleine Stücke zu zerspringen. „Ich bin ein absolut toter Krebs."

✲ ✲ ✲

Die Sonne hatte gerade die ersten Strahlen über den Horizont gesandt, als Arielle Erik auf den Strand bettete. *Bitte komm wieder zu dir*, bat sie stumm, während sie Seetang von seinem Gesicht und Oberkörper wischte. Sanft hob sie seinen Kopf und bemerkte erleichtert, dass seine Brust sich hob und senkte. Seine Augen waren geschlossen, doch er lebte.

Arielle atmete langsam aus und versuchte, ihre Angst zu bezähmen. Als sie gesehen hatte, wie Erik bewusstlos in die Tiefe gesunken war, hatte sie keine Sekunde gezögert, ihn zu retten. Ihr Vater und ihre Schwestern würden ihr Leichtsinn vorwerfen – doch sie bereute es nicht.

Arielle staunte, wie klein und verwundbar Erik aussah.

Ihr Vater stellte die Menschen immer als riesig, abscheulich und gefährlich dar, aber *dieser* nasse, zitternde Mensch konnte niemanden erschrecken.

Sie strich zart über Eriks Gesicht und betrachtete ihn im Morgenlicht. Sie wünschte, sie könnte sich mit ihm über die wunderbaren Orte unterhalten, die sie beide erkunden wollten. Sie könnte ihm erzählen, dass eine Meerkönigstochter so vieles nicht durfte. Sie kannte ihn nicht und doch, nachdem sie seine wenigen Sätze an der Reling gehört hatte, war sie davon überzeugt, dass sie ihm alles anvertrauen könnte und er sie verstehen würde. So war es ihr noch nie ergangen.

Sie summte eine Melodie und strich ihm die Haare aus der Stirn. Da erst sah sie die Wunde. Mit kühlen, sanften Fingern strich sie darüber. Erik regte sich. Er war noch immer nicht ganz bei Bewusstsein, doch als sie zu singen begann, sank ihr Lied in sein Herz.

Arielle wäre am liebsten bei ihm geblieben. Aber da hörte sie plötzlich Stimmen. „Seht in der Höhle nach, Männer!“, rief jemand. Sie sah eine Gruppe von Menschenmännern und -frauen näher kommen. Sie schienen nach dem Prinzen zu suchen. Arielle ließ sich ins Wasser gleiten, um nicht entdeckt zu werden.

Der Suchtrupp hatte Erik entdeckt und kletterte die Steilküste herunter. Arielle tauchte mit dem Kopf aus dem Wasser und beobachte im Schutz eines Felsens, wie die Menschenmänner Erik forttrugen.

„Er lebt! Benachrichtigt die Königin", rief einer.

Arielle überkam ein merkwürdiges Gefühl. Sie wusste mit einem Mal, dass dies nicht das Letzte war, was sie von der Menschenwelt gesehen hatte. Vielleicht wollte das Schicksal es, dass sie eines Tages ein Teil von ihr wurde.

* * *

Tief unten im Meer beobachtete Ursula Arielle in ihrer großen schwarzen Perle. Die kleine Meerjungfrau summte verträumt vor sich hin. Ursula lachte. Das war fast zu einfach. Die Meerjungfrau hatte sich in den Menschen verliebt. Sie glaubte, sie hätte jemanden gefunden, der sie verstand. Ursula verdrehte die Augen. Verstanden zu werden wurde völlig überbewertet.

„Warte nur, bis Daddy dahinterkommt", kicherte sie. Das würde großartig werden. Triton würde einen Mordswutanfall bekommen, und das kleine Mädchen würde direkt in Ursulas Fangarme schwimmen. Alles entwickelte sich prächtig. Arielle würde nicht einmal begreifen, dass sie nur eine lächerliche Schachfigur in Ursulas Spiel war. Jedenfalls nicht, bis Ursula Triton die Macht entriss, die schon immer *ihr* zugestanden hatte. Sie warf einen letzten Blick auf Arielle und glitt davon. Sie hatte noch einiges zu erledigen.

✲ ✲ ✲

„Arielle, hilfst du mir mal?"

Keine Reaktion. Mala seufzte und tauschte ärgerliche Blicke mit ihren Schwestern. Es war an diesem Morgen schon das x-te Mal, dass Arielle eine ihrer Schwestern ignorierte. Sie summte nur gedankenverloren vor sich hin und malte mit der Hand träge Kreise in die Strömung. Arielle war schon immer die größte Tagträumerin von ihnen gewesen, aber heute trieb sie es wirklich auf die Spitze.

„Arielle!“

„Oh.“ Arielle zuckte zusammen und schwamm schnell zu Mala. „Natürlich.“

Alle sieben Schwestern waren am Meermann-Riff, um die Trümmer des jüngsten Schiffswracks zu beseitigen. Es sah furchtbar aus. Das schöne Korallenriff lag unter Metall, Holz, Netzen und zerbrochenem Glas begraben. Mala wurde wütend, als sie die abgebrochenen Korallen entdeckte.

„Haben die Menschen eigentlich eine Ahnung, wie viel Zerstörung ihre Schiffsuntergänge anrichten?“, fragte sie.

„Ich glaube nicht, dass sie den Schiffsuntergang geplant haben“, erwiderte Arielle.

Caspia löste ein Seil von einem geborstenen Schiffsmast, der ein ganzes Stück vom Riff abgerissen hatte. Sie schüttelte ernst den Kopf. „Sie sind rücksichtslos, Arielle. Es wird Tausende von Jahren dauern, bis diese Korallen nachgewachsen sind.“

„Sie haben auch fast das gesamte Seemoos vernichtet", sagte Indira.

Karina nickte. „Uns würden sie auch vernichten, wenn sie könnten."

Arielle schüttelte heftig den Kopf. „Nein, nein, so sind sie überhaupt nicht!"

„Ach, und woher willst du das wissen?", fragte Perla. „Du hast doch noch nie einen gesehen. Du warst doch noch ganz klein, als Mutter starb und Vater uns verbot, an die Meeresoberfläche zu schwimmen."

„Ähm …" Arielle räusperte sich nervös. „Ich meine, *wir* sind doch nicht alle gleich, warum sollten dann die Menschen alle gleich sein?

Sie begreift es einfach nicht, dachten Arielles Schwestern. Bevor eine von ihnen noch etwas sagen konnte, näherte sich jemand. Die Mädchen richteten sich kerzengerade auf. König Triton sah seine jüngste Tochter misstrauisch an.

„Wie war das mit den Menschen?"

Arielle riss die Augen auf. „Ich wollte doch nur …"

„Sieh dir an, was ihr Wrack angerichtet hat“, rief Tamika dazwischen.

Triton betrachtete die Schiffstrümmer. Zorn brannte in seiner Brust, als er daran erinnert wurde, was für rücksichtslose Barbaren die Menschen waren. Er stieß seinen Dreizack erbittert in den Sand. „Sie haben es nicht besser verdient. Sie sind die gefährlichste Spezies von allen. Sie verschmutzen unser Wasser, zerstören unsere Riffe, haben keinen Respekt vor dem Gleichgewicht der Meere.“ Er hob einen großen Balken vom Riff. Arielles Schwestern nickten zustimmend.

Arielle aber runzelte die Stirn. „Sie sind nicht die Einzigen, die ein Gleichgewicht nicht respektieren.“

Alle sahen sie an. Arielle biss sich auf die Lippen und schwamm schnell davon.

„Arielle, wo willst du …“ Mala schüttelte den Kopf und seufzte genervt. Die Schwestern schauten Arielle nach, dann sahen sie einander an. „Was ist bloß mit ihr los?“

„Ach“, meinte Perla, „sie ist einfach in einem Alter, in

dem sie keine Lust mehr hat, mit ihren großen Schwestern rumzuhängen."

„Genau", sagte Caspia und grinste. „Erinnert ihr euch noch, wie ich in dem Alter war?"

Mala schnaubte, und die Schwestern kicherten. Sie erinnerten sich alle daran, wie es war, ein Teenager zu sein, vor allem in Momenten, in denen das erste Verliebtsein ihre Fähigkeit zu denken vollkommen ausgeschaltet hatte. Offenbar war jetzt auch Arielle in dieser Phase.

Keiner der Schwestern fiel es auf, dass ihr Vater mit besonderem Interesse zuhörte, als sie laut überlegten, für welchen jungen Meermann Arielle wohl schwärmte …

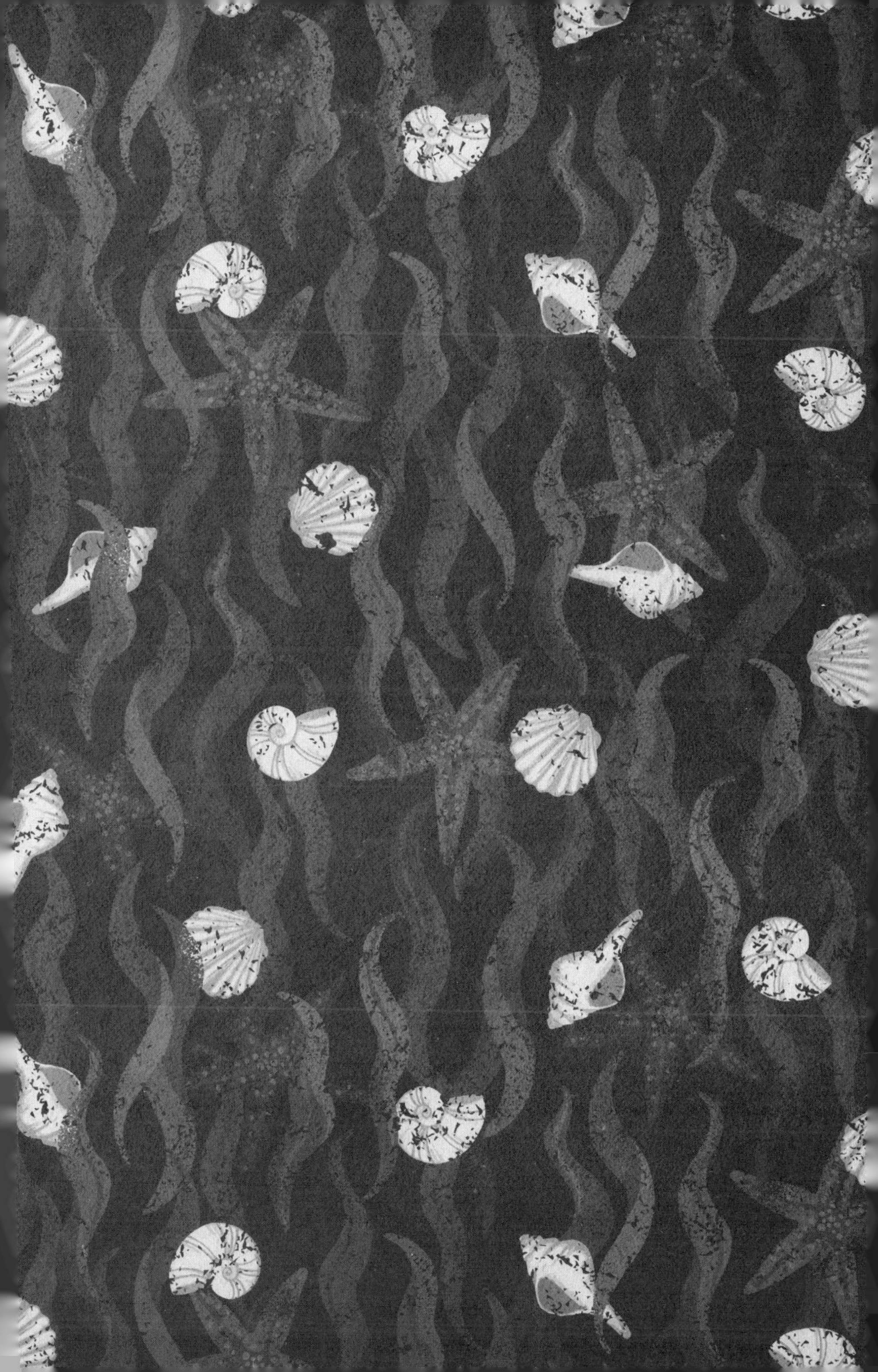

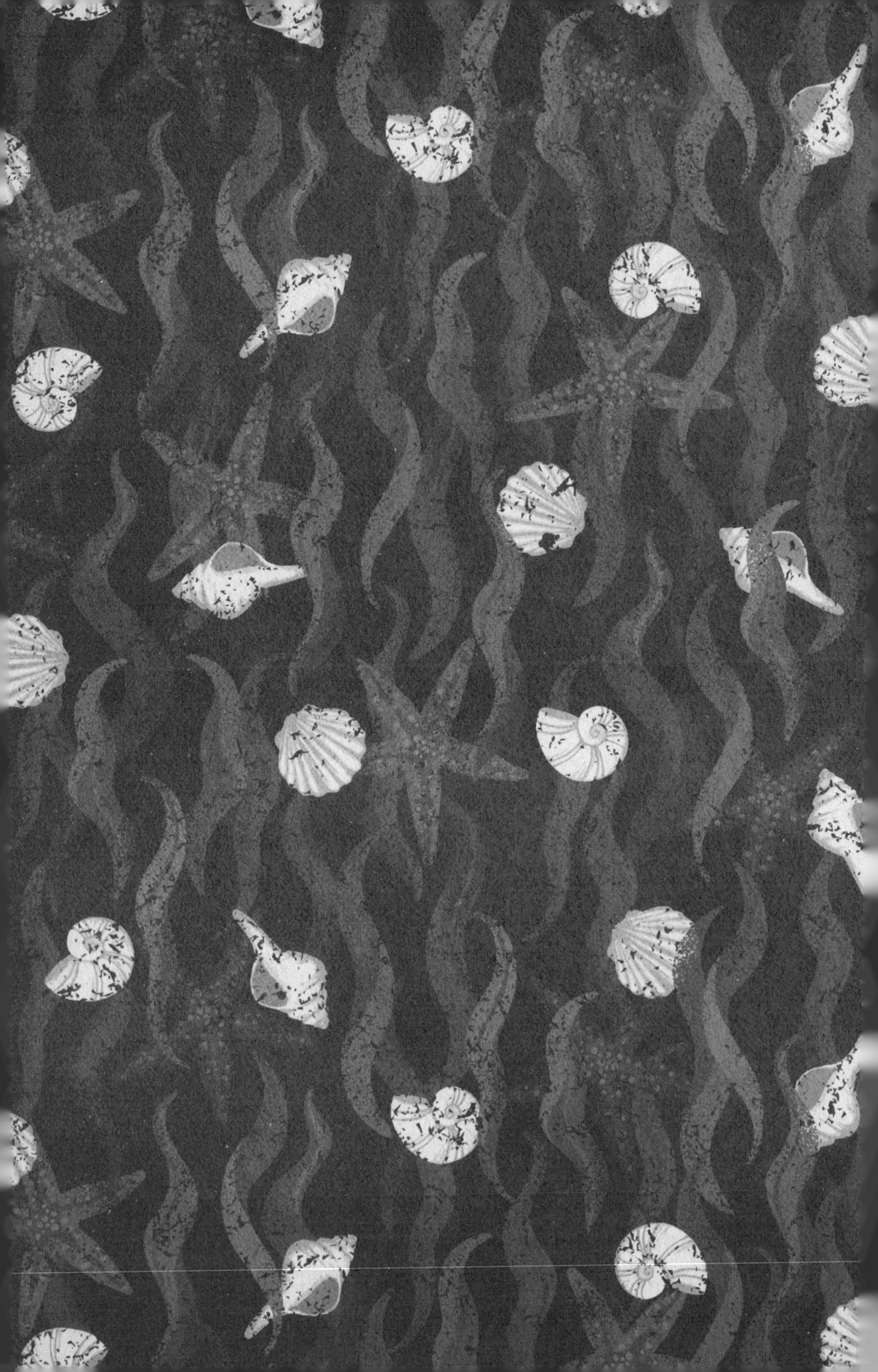

Kapitel
Sechs

Ich glaub’s einfach nicht“, murmelte Sebastian. In den letzten vierundzwanzig Stunden war er bestimmt um Jahrzehnte gealtert. Als er noch ein kleiner Krebs gewesen war, hatte er seinen Eltern von seinem Wunsch erzählt, einmal zum Gefolge des Meerkönigs zu gehören. Eine solche Stellung würde ihm Ehre und Ansehen verschaffen …

Und jetzt? Jetzt schwamm er wie eine kopflose Krabbe

herum und suchte einen albernen Teenager, damit ihm nicht der Kopf abgehackt wurde.

Also ehrlich, wie sollte er denn auf sie aufpassen, wenn sie nicht eine Sekunde stillhielt? Sebastian holte tief Luft. „Solange der König nichts erfährt, ist alles in Ordnung“, beruhigte er sich. Er musste nur Arielle finden und nach Hause bringen. Sie musste hier irgendwo sein …

Er näherte sich der Stelle, an der er sie gestern Abend auftauchen gesehen hatte, und entdeckte den gut versteckten Eingang zu ihrer Grotte. *Aha!*

„Ich muss energisch sein“, sagte er sich. Er würde ihr klarmachen, dass ihre Verliebtheit nur eine kurzlebige Laune war und dass sie den Menschenprinzen schnell wieder vergessen würde.

Doch als er in die Grotte hineinschwamm, schwante ihm, dass das vielleicht nicht so schnell geschehen würde – Arielle war gerade dabei, eine Statue des Menschenprinzen aufzustellen.

Jep, ich bin ein toter Krebs.

„Arielle!“

Arielle wirbelte überrascht herum.

„Sebastian! Wie hast du mich gefunden?“

Wow, dieses Mädchen war Weltmeisterin darin, das Wesentliche zu übersehen. Sebastian blickte sich erschrocken um. „Was ist das für Zeug?“ Jeder Zentimeter der Grotte war vollgepackt mit Dingen, die nicht ins Meer gehörten. So viel Zeug konnte sie gestern nicht gefunden haben … Sie musste das schon eine ganze Weile machen. Sebastian starrte die glänzende Statue an. „Was willst du denn mit diesem … diesem Ding?“

Arielle seufzte nur verträumt. „Ist er nicht wunderschön? Sieh dir nur seine sehnsüchtigen Augen an.“

„Was weiß du denn schon von Sehnsucht? Wie kommt der hierher?“

„Er kommt aus dem Wrack. Ich habe ihn am Meermann-Riff gefunden. Da liegt unter Garantie noch viel mehr.“

Sebastian starrte sie entgeistert an. Sie redete, als könnte diese Angelegenheit sie nicht *beide* in große Schwierigkeiten bringen. Warum dachte nie jemand an *ihn*?

Arielle verließ unbekümmert die Grotte. Sebastian war sprachlos. Er hatte sie gerade ertappt, und ihr fiel nichts Besseres ein, als mal eben noch mehr belastende Beweise zu sammeln.

Er flitzte hinter ihr her.

„Nein, nicht! Arielle! … Kind, komm zurück!“ Er holte sie ein und versperrte ihr den Weg. „Du musst diese Besessenheit für alles Menschliche vergessen!“

„Ich bin nicht besessen!“ Arielle machte einen Bogen um ihn.

Sebastian schnaubte. „Ich bin vielleicht krustig, aber ich bin nicht blind. Ich habe dich in der Nacht, in der das Schiff sank, gesehen.“

Jetzt hab ich dich, dachte er, als sie abrupt innehielt.

Sie drehte sich mit großen Augen zu ihm um. „Was?“

„Dein Vater will, dass du dich so weit wie möglich von ihnen fernhältst.“

„Aber warum?“

„Du weißt, warum.“

Arielle verschränkte trotzig die Arme. Natürlich kannte sie die Argumente in- und auswendig. *Menschen sind grausam. Menschen sind gewalttätig. Menschen sind Meereszerstörer.* Aber trotzdem …

„Wir müssen keine Angst vor ihnen haben. Das weiß ich jetzt. Sebastian, wenn du das da oben gesehen hättest … Das Schiff ritt auf dem Wind, und sie haben den Himmel mit Feuer gesprenkelt." Sie lächelte, als sie daran dachte.

Sebastian schüttelte den Kopf. Junge Leute waren derart naiv. Arielle war von dieser ach so geheimnisvollen Welt so gebannt, dass sie wohl kaum bald Vernunft annehmen würde. Er musste es anders angehen.

„Pass auf. Die Menschenwelt taugt nichts. Das Leben unten im Meer ist tausendmal besser als alles, was sie da oben haben." Es war immer ein Fehler, zu glauben, anderswo wäre alles besser. Das hatte er schon als kleiner Krebs gelernt. Arielle wollte die Wunder der Menschenwelt erkunden, dabei gab es im Meer so ungeheuer viele erstaunliche Dinge.

Die Menschen würden nie begreifen, wie magisch und

voller Musik die Unterwasserwelt war. Sebastian lenkte Arielles Aufmerksamkeit auf die Muscheln und Meeresschildkröten und Meerespflanzen, die in allen Farben leuchteten. Sie waren der Auftakt, und die Melodie des Meeres hob an. Die Fische begannen ausgelassen zu tanzen, so freuten sie sich über die Schönheit ihrer Welt.

Sebastian fühlte sich lebendig wie lange nicht mehr. Nichts war schöner als das Meer. Hier brauchte man keine Angst davor zu haben, von Menschen verspeist zu werden. Arielle musste doch einfach begreifen, wie dumm es war, zu einer Welt gehören zu wollen, in der ihre Freunde als *Nahrung* angesehen wurden.

Die Musik schwoll an, und alle Kreaturen des Meeres reihten sich in den Tanz ein. Die Menschen glaubten, sie wären die Einzigen, die gute Musik machten, doch Sebastian wusste es besser. *Das hier* hatte er Arielle zeigen wollen – und sie schien es begriffen zu haben, sie tanzte mit.

Sebastian jubelte. Warum sich nach der Menschenwelt sehnen? Was hatte sie schon zu bieten? Eine Menge Ärger. Hier unten hatten sie die Musik des Meeres. Sebastian ließ sich von ihr mitreißen. Es gab keinen schöneren Ort auf der Welt, und er hatte ihn Arielle ge…

Moment, wo war Arielle? Sebastian sah sich um. Sie war verschwunden. Der Krebs seufzte schwer.

„Arielle? … Kann bitte irgendjemand dieses Kind am Meeresboden festbinden?“

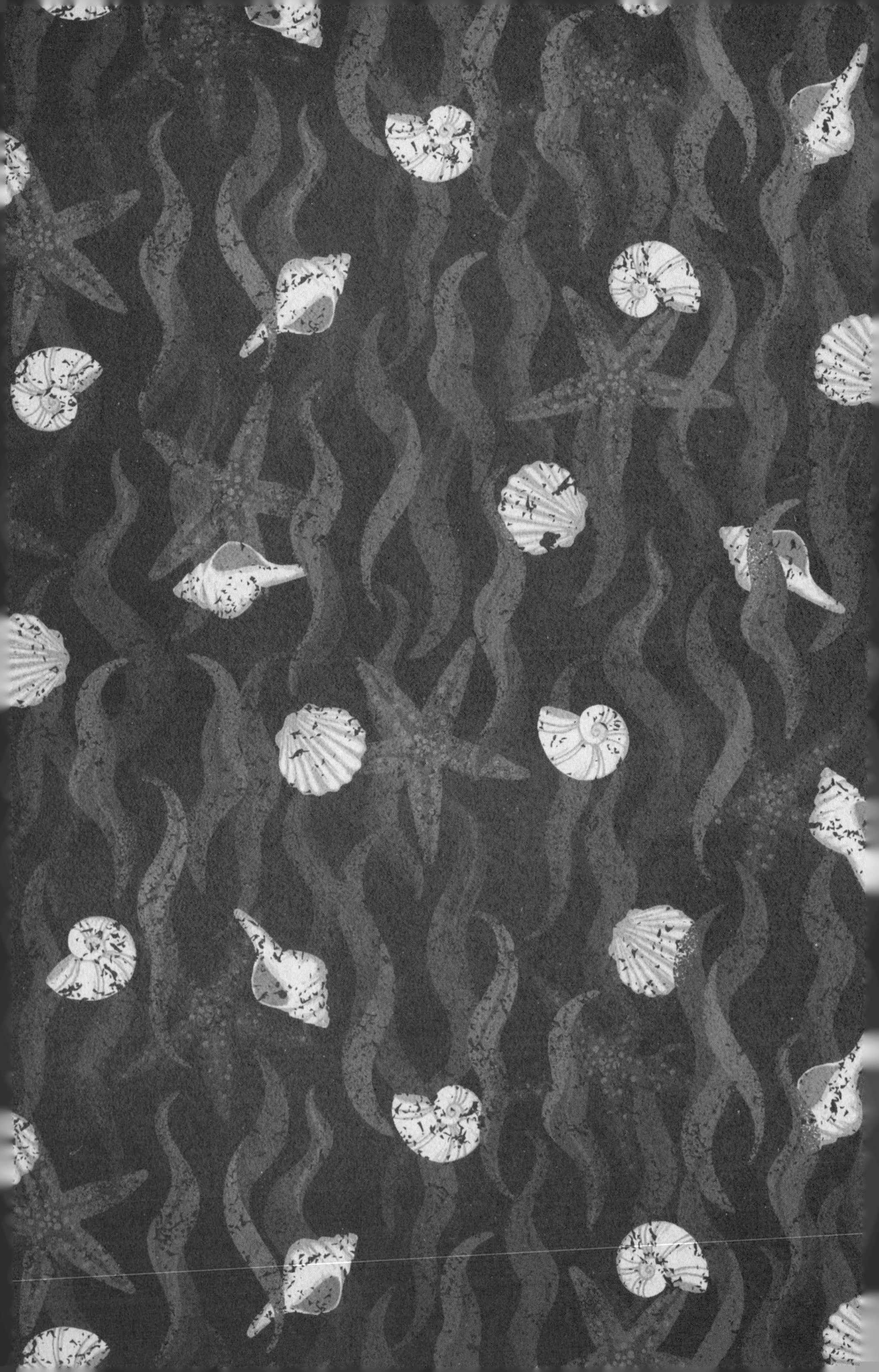

Kapitel Sieben

Arielle war nicht die Einzige, die anderen mit ihrer törichten Besessenheit Sorgen bereitete. Über dem Meer ging die Sonne auf und sandte ihre Strahlen über das königliche Schloss. Königin Selina, Eriks Adoptivmutter, saß am Frühstückstisch. Grimsby saß zu ihrer rechten, doch der Platz zu ihrer linken, der für Erik gedeckt war, war auffallend leer.

Grimsby beendete gerade seinen Bericht über die unglücklich verlaufene Schiffsreise. „Der größte Teil der Fracht ist verloren. Es gab ein paar Leichtverletzte, doch dank Eriks Wagemut konnten alle Männer gerettet werden."

Sein Wagemut hatte schon immer zu Eriks bewundernswerten Eigenschaften gezählt, doch er war es auch, der Königin Selina ständig Kummer machte. *Leichtverletzte.* Sie konnte nichts leichtnehmen, wenn man ihren Sohn halb bewusstlos und blutend ins Schloss zurückbrachte.

Es geht ihm gut, versuchte sie sich zu beruhigen. Sie sah Grimsby an. „Was für ein Glück, dass niemand ums Leben gekommen ist."

„In der Tat."

Die Königin seufzte. „Seine Rastlosigkeit beunruhigt mich. Diese gefährlichen Reisen zu unternehmen …" Sie brach mitten im Satz ab, weil Erik das Gemach betrat. Sein Kopf war verbunden, sein Gesicht besorgniserregend bleich, doch immerhin war er aufgestanden.

„Konnte man das Mädchen bereits finden, Grimsby?", fragte er.

Grimsby und Königin sahen sich an. Nach allem, was passiert war, war das das Erste, woran er dachte?

„Iss bitte erst einmal etwas“, bat die Königin.

„Wir haben gesucht, Sire“, sagte Grimsby. „Aber da war kein Mädchen.“

„Du kannst froh sein, dass du dich an Land retten konntest, bevor du ohnmächtig geworden bist“, sagte die Königin.

Erik schüttelte den Kopf, seinen eigensinnigen Blick kannte die Königin nur zu gut. „Sie war keine Einbildung. Sie hat mir das Leben gerettet.“

„Setz dich, Erik.“

„Ich habe keinen Hunger, Mutter.“

Warum lag Kindern ihr eigenes Wohlergehen so wenig am Herzen? Sie war in diesem Alter sicherlich nicht so unvernünftig gewesen.

„Ich mache mir Sorgen um dich“, sagte die Königin. „Seit dem Unglück bist du nicht mehr du selbst.“

„Hast du auf den Nachbarinseln nachgefragt?“, wollte Erik von Grimsby wissen.

„Noch nicht auf allen, aber …"

„Dann mache ich das selbst."

„Nein, das wirst du nicht!" Königin Selina verlor die Geduld. „Du wirst dieses Schloss erst wieder verlassen, wenn es dir besser geht." *Und sicher nicht, um ein Mädchen zu suchen, das es wahrscheinlich gar nicht gibt,* fügte sie in Gedanken hinzu.

Erik zog sich den Verband vom Kopf. „Mir wird es besser gehen, wenn ich sie gefunden habe."

„Versuch gar nicht erst, dieses Mädchen als Entschuldigung dafür zu nehmen, dass du wieder wegrennst und dein Leben aus reiner Abenteuerlust auf einem Handelsschiff riskierst …"

„Aus reiner Abenteuerlust? Ich nehme Kontakt zu anderen Kulturen auf, damit wir nicht rückständig bleiben. Hast du gewusst, dass wir auf unserer letzten Reise unsere Hirse gegen zwanzig Kisten Chinin eingetauscht haben? In anderen Ländern verwenden sie Chinin als Heilmittel gegen Malaria …"

„Und wo sind diese zwanzig Kisten jetzt? Auf dem

Grunde des Meeres.“ Die Königin wandte sich an Grimsby. „Wie viele Schiffe sind in diesem Jahr in unseren Gewässern gesunken, Premierminister?“

„Sechs, Majestät.“

Die Königin nickte triumphierend. „Hast du das gehört, Erik?“

„Natürlich hab ich das gehört.“

„Schiffsunglücke, Stürme – die Meeresgötter sind gegen uns! Wie oft muss ich dir das noch … Sie stehlen uns unser Land unter den Füßen weg, holen es zu sich ins Meer. Sie würden uns umbringen, wenn sie könnten.“

„Das ist doch lächerlich.“

„Ist es das?! Darf ich dich daran erinnern, dass es ein tödliches Schiffsunglück war, das dich zu uns gebracht hat?“ Die Königin erinnerte sich noch genau an diesen Tag. Es war ein Wunder, dass man den Jungen lebend gefunden hatte, so winzig, wie er war. Man hatte ihn eilends ins Schloss zu ihr gebracht. Für sie war es Liebe auf den ersten Blick gewesen. Sie hatte gefürchtet, dass er die Nacht nicht überleben würde. Doch er war eine Kämpfernatur.

Königin Selina sah ihren Sohn an. Nach all den Jahren kämpfte er noch immer. „Und jetzt hätte ich dich beinahe bei einem Schiffunglück verloren." Sie wusste, dass Erik ihre Sorge für übertrieben hielt, doch sie konnte diese leise, hartnäckige innere Stimme nicht zum Schweigen bringen, die ihr sagte, dass die See sich ihren Sohn zurückholen wollte. Ihn in gefährliche Untiefen hinabzuziehen entsprach wahrscheinlich der grausamen Vorstellung der Meeresgötter von einem gerechten Gleichgewicht. „Wir dürfen das Schicksal nicht länger herausfordern. Das muss aufhören!"

Erik runzelte die Stirn. „Was soll das heißen?"

„Das heißt, dass deine Pflichten von nun an hier liegen. Schluss mit den Seereisen, Schluss mit der Suche nach Mädchen, die gar nicht existieren."

„Sie existiert aber." Erik sog die Luft durch die Nase ein. „Ich weiß nur nicht, wo sie ist." Und damit stürmte er hinaus.

Die Königin sah Grimsby an und seufzte. „Na, das lief ja vortrefflich."

Doch sie würde nicht aufgeben. Sie hatte schon ihren Ehemann verloren. Sie würde nicht auch noch ihren Sohn verlieren, nur weil er einer dummen Idee nachjagte.

***

Erik lief den Pfad zur Felsenküste hinunter. Immer wenn er rastlos oder frustriert war, ging er an den Strand. Er beobachtete die Wellen, die an Land schlugen, sie wirbelten so durcheinander wie seine Gedanken.

Er hatte sich dieses Mädchen nicht eingebildet. Ihr Bild war verschwommen, doch er erinnerte sich ganz deutlich, wie sie ihm mit sanften Fingern durchs Haar gestrichen hatte. Er erinnerte sich, dass er für einen Moment die Augen geöffnet und ihre Silhouette gesehen hatte. Vor allem aber erinnerte er sich an ihr Lied. Ihren wunderschönen Gesang hörte er ununterbrochen in seinem Kopf.

Alles, was Erik sich immer gewünscht hatte, war Freiheit. Er fand es nicht schrecklich, ein Prinz zu sein – er liebte sein Reich und die Menschen, die darin lebten –, doch an den meisten Tagen war seine Brust mit einer Leere gefüllt, die er noch niemandem hatte erklären können. Irgendetwas an seinem Prinzendasein war eine fast unerträglich Last. Doch wenn er draußen auf See war, fühlte er nur das Salz auf seinem Gesicht und den Wind in seinem Haar und die Verheißung von etwas Neuem. Dann spürte er keine Leere im Herzen.

Sein ganzes Leben schien nur aus unbeantworteten Fragen zu bestehen. Woher kam er? Wohin ging er? Was gab es da draußen noch, für ihn, für sein Volk? Er wollte nicht, dass zu diesen unbeantworteten Fragen auch noch „Wo ist sie?" kam. Selbst wenn seine Mutter es nicht glauben wollte – dieses Mädchen war *nicht* seiner Fantasie entsprungen.

Zum ersten Mal seit langer Zeit hatte Erik das Gefühl, dass etwas Neues begann. In Gedanken hörte er wieder das Lied. Er schloss die Augen und lächelte, während die Wellen im Rhythmus der Melodie an den Strand schlugen.

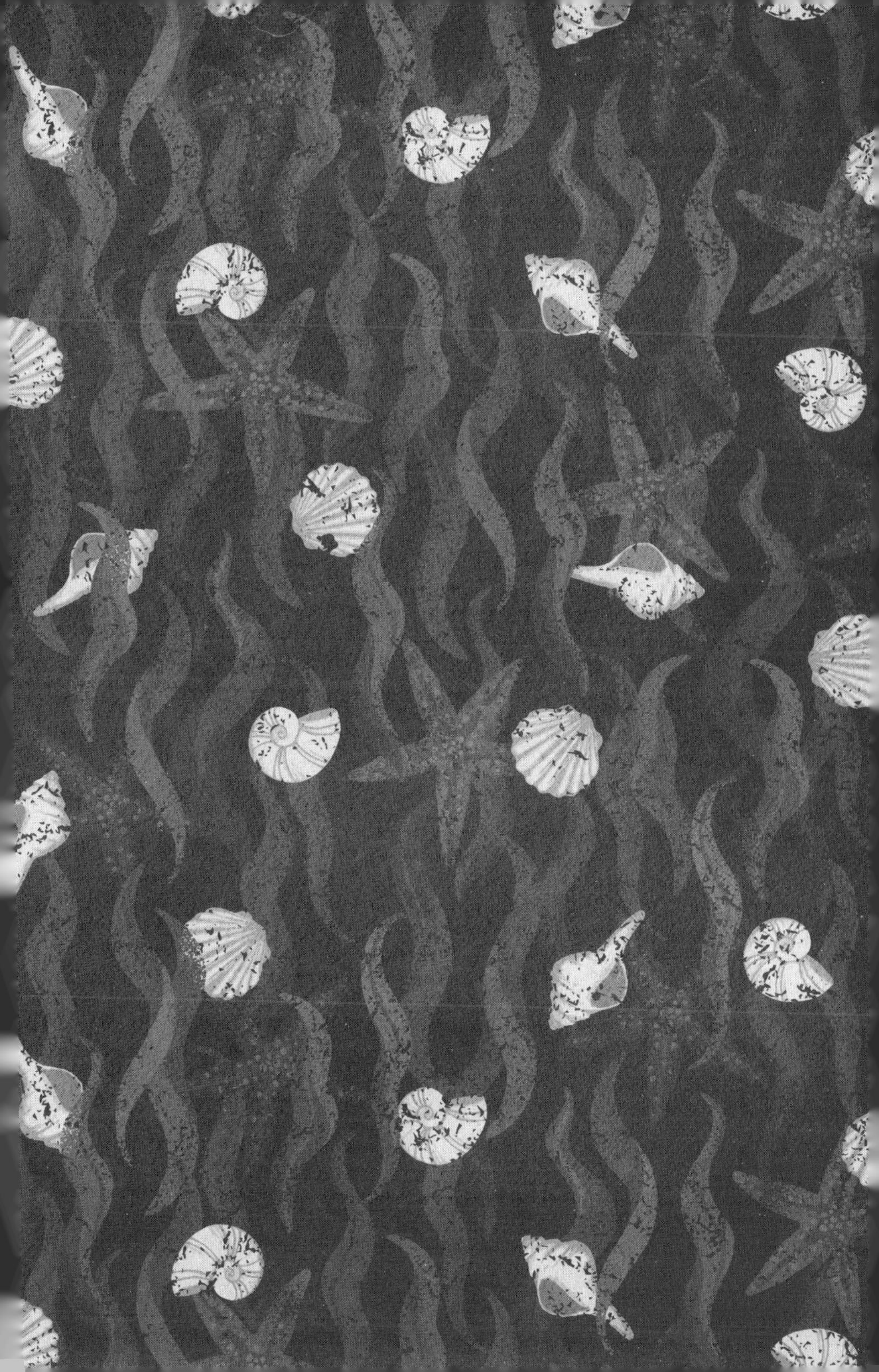

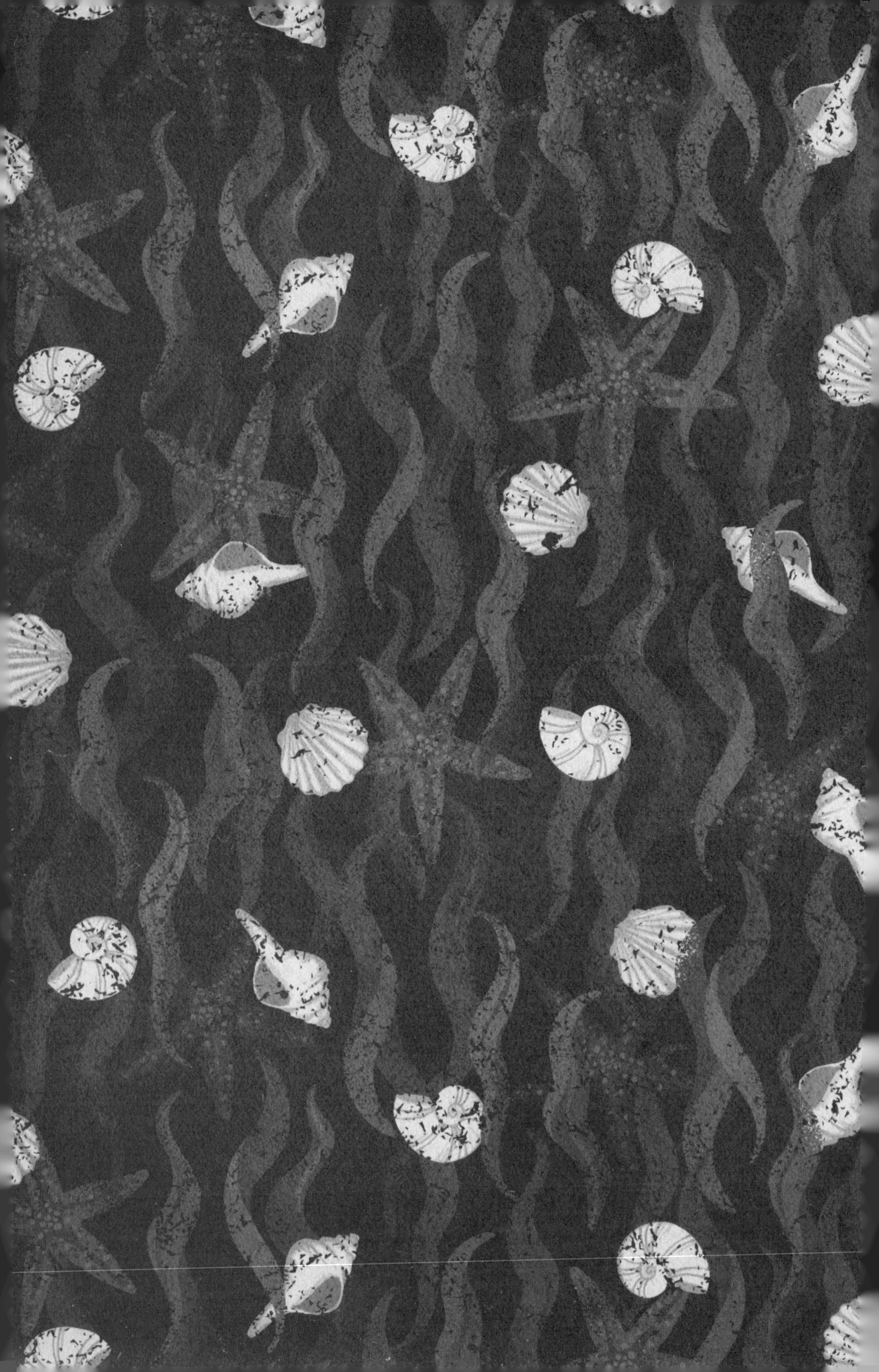

Kapitel
Acht

Sebastian sah sich gerne als coolen, gelassenen Krebs. Also hatte er sich *natürlich* nicht im äußersten Winkel des Korallenpalasts versteckt, weil ihm Arielle schon wieder entwischt war.

Eine der königlichen Wachen tauchte vor ihm auf. „Der Meerkönig wünscht dich zu sehen.“ Oh, Sebastian ging es prima, wirklich.

Die Wache trug ihn in den Thronsaal und verkündete:

„Der Krebs ist da, Majestät“, und ließ ihn auf der Schwelle fallen.

„Komm her, Sebastian.“ König Triton winkte ihn heran; seine Stimme verriet nicht, was er fühlte, doch er wirkte immer ein wenig bedrohlich – nicht gerade beruhigend für Sebastians Nerven. Dieser durchdringende Blick und diese riesigen Hände, die ihn einfach zu Fischfutter zermalmen könnten …

„Einatmen, ausatmen“, murmelte der Krebs und näherte sich dem Thron. *Nicht vergessen*, dachte er, *wer schuldbewusst aussieht, ist schuld.*

„Ja?“, quiekte er. *Oje*. Er räusperte sich. „Ja, Majestät?“ *Schon besser.*

Triton beugte sich vor und sah ihn forschend an. „Sebastian, ist dir aufgefallen, dass Arielle sich in letzter Zeit merkwürdig verhalten hat?“

Auweia. „M-merkwürdig, Sire?“

„Abwesend, verträumt, für Stunden verschwunden … Ist dir das nicht aufgefallen?“

Er weiß Bescheid! Rette sich, wer kann! „Oh, na ja …“

Triton winkte Sebastian näher und trommelte mit den Fingern auf die Armlehne seines Throns.

Mit wild klopfendem Herzen trat Sebastian näher. „Äh, nein, ist es nicht … Ich meine, ich habe nicht …"

„Schsch." Triton verzog die Mundwinkel. „Ich weiß, dass du etwas vor mir geheim hältst."

Sebastian fiel fast in Ohnmacht. Seine Stimme wurde schrill. „Geheim hä…"

„Etwas über Arielle."

„Arielle?"

Er weiß es, er weiß es! Ich bin ein toter Krebs! Sebastian war so panisch, dass er kaum merkte, wie Triton ihn ergriff und auf Augenhöhe hob.

„Hat sich meine Kleine verliebt?"

Die Worte purzelten nur so aus Sebastian heraus: „Oh, ich hab versucht, sie aufzuhalten, Sire! Ich hab versucht, sie davon abzuhalten, an die Oberfläche zu schwimmen! Ich hab ihr gesagt, sie soll sich von den Menschen fernhalten! Als ich sie mit dieser Statue sah, hab ich …"

„*Menschen?*" Triton schleuderte ihn von seiner Hand.

„Wie war das mit den Menschen?“ Der Meerkönig erhob sich langsam von seinem Thron, in seinen Augen loderte Zorn.

O nein. Sebastian wurde klar, dass er einen gewaltigen Fehler gemacht hatte. Gab es hier nicht irgendwo eine Muschel, die ihn samt Scheren und Panzer verschlucken konnte? „Menschen? Wer hat denn was von Menschen gesagt?“

✲ ✲ ✲

Fabius und Arielle kamen in die Grotte zurück. Arielle hatte die Arme voller Schätze aus dem neuen Wrack. So viele wunderbare Dinge, die sie noch nie gesehen hatte. Sie konnte es kaum erwarten, Scuttle nach ihnen auszufragen.

„Lass uns das hier ablegen und dann zurückschwimmen“, sagte sie und ließ alles in der Mitte der Grotte zu Boden sinken.

„Haben wir nicht schon genug?“ Fabius seufzte. Er war

noch nervöser als gewöhnlich gewesen, als sie das Wrack erkundet hatten, doch Arielles Begeisterung kannte keine Grenzen.

„Ach, komm schon, Fabius. Wir haben doch gerade erst angefa…"

„So, du warst also ungehorsam!"

Arielle erstarrte, als sie die dröhnende Stimme ihres Vaters hörte. Zögernd drehte sie sich zu ihm um. Triton kam mit vor Wut zusammengebissenen Zähnen hinter der Statue des Prinzen hervor. Arielles Mund wurde trocken. Sie hatte ihren Vater schon oft wütend erlebt, aber noch nie waren die Adern auf seiner Stirn so hervorgetreten. Er hielt seinen Dreizack fest umklammert. Fabius quiekte erschrocken und versteckte sich sofort. Hinter dem Meerkönig duckte sich unbehaglich Sebastian.

„Du warst in der Obenwelt", fuhr Triton fort.

„Ein Schiff ist untergangen. Ein Mann wäre fast ertrunken, ich musste ihn retten." Bilder der schrecklichen Nacht schossen ihr durch den Kopf: der Sturm, der das Schiff hin und her warf, Eriks schlaffer Körper, der tiefer und tiefer im Meer versank. Um nichts in der Welt bereute Arielle, was sie getan hatte.

Ihr Vater wurde nur noch zorniger. „Du hättest ihn ertrinken lassen sollen!“, sagte er wütend. „Sie sind Wilde!“

„Das weißt du doch gar nicht!“

„Sie haben deine Mutter getötet!“ Die Stimme des Königs verriet seine Trauer.

Arielle zuckte zurück. „Das weiß ich.“ *Natürlich* wusste sie das. Und natürlich wusste sie, wie sehr ihr Vater ihre Mutter vermisste. Und dass er deswegen so zornig war. Aber das machte es nicht richtig. „Das weiß ich“, wiederholte sie. „*Ein* Mensch hat das getan. Warum gibst du *allen* Menschen die Schuld? Mutter würde das nicht tun.“

Triton schüttelte den Kopf. „Es reicht!“

Sein Ton duldete keinen Widerspruch. Er hörte ihr nicht richtig zu. Er hörte ihr *nie* richtig zu, weil er glaubte, sie wäre zu jung und zu naiv, um die Welt zu verstehen. Aber sie wusste, dass das, was sie gesagt hatte, die Wahrheit war. Arielle streckte die Hand aus, diesmal musste ihr Vater ihr zuhören.

„Und Erik hatte nichts damit zu …“

„Erik?“ Tritons Gesicht lief rot an. „Hast du jetzt völlig den Verstand verloren?“

Arielle schüttelte den Kopf. „Wenn du gehört hättest, was er sagte …“ Sie hörte Erik wieder von anderen Ländern sprechen, sah ihn, wie er das sinkende Schiff nicht verlassen wollte, bevor nicht alle anderen in Sicherheit waren … Das konnte ihr Vater doch nicht für barbarisch halten. „Er ist mitfühlend und freundlich und …“

„Und er ist ein Mensch. Du bist eine Meerjungfrau.“ Triton deutete auf ihren Fischschwanz. Als wenn das nötig gewesen wäre.

„Ja“, sagte Arielle und unterdrückte ein frustriertes Stöhnen. „Aber das macht uns nicht automatisch zu Feinden.“

Tritons Augen funkelten zornig. „Versprich mir, dass du nicht mehr nach ihm suchen wirst.“

„Das kann ich nicht.“ Verzweifelt schüttelte Arielle wieder den Kopf. Endlich hatte sie jemanden gefunden, dem sie sich nahe fühlte. Sie konnte ihn nicht aufgeben.

„Versprich es mir, Arielle!“ Triton ballte die Fäuste so fest, dass seine Knöchel weiß hervortraten.

„Ich kann dich nicht anlügen.“ Arielle unterdrückte ein Schluchzen.

Tritons Zorn schwoll an und sein Dreizack begann zu glühen. „Versprich es mir, Arielle“, sagte er noch einmal. „Ich werde dich dazu bringen, das schwöre ich dir!“ Er hob den Arm und zielte mit seinem Dreizack auf Arielles neueste Schätze. Ein Blitz schoss hervor und ließ die Dinge, die er traf, zerbersten.

„Nein! Bitte nicht!“, flehte Arielle.

Doch ihr Vater war außer sich vor Wut. „Jetzt ist es genug!“ Er wirbelte herum und schleuderte wieder einen Blitz. Arielle sah entsetzt, wie ihre wunderbaren Schätze, die sie so lange gesammelt hatte, innerhalb von Sekunden in tausend kleine Teile zersprangen. Sie fing an zu schluchzen.

„Vater, hör auf! Bitte, hör auf!“

„Es ist nur zu deinem Besten“, rief Triton und zielte auf die Statue des Prinzen.

Arielles Herz setzte für einen Schlag aus. „Vater, *nein!*“

Die Statue explodierte. Einen Augenblick lang war es ganz still. Arielle hörte nur ein dumpfes Klingeln. Alles schien so unwirklich. Als die normalen Geräusche wieder zu ihr durchdrangen, konnte sie den Blick nicht von den verstreuten Splittern der Statue wenden. Ihr brach das Herz und sie sank schluchzend zu Boden.

Tritons Zorn war verflogen. Er sah auf seine Tochter hinab und war einen Moment lang zerknirscht. Er hasste es, wenn sie unglücklich war. Doch er hatte schon zu viel verloren.

„Du wirst das Meer nie wieder verlassen“, befahl er. Arielle sah ihn nicht an.

Als Triton fort war, schien die Stille lauter als ein Schrei. Fabius und Sebastian kamen zaghaft auf Arielle zu. Sebastian streckte eine Schere aus.

„Arielle … ich …“

„Geht weg“, sagte Arielle leise. Sie spürte das Zögern der beiden, doch schließlich verschwanden Fabius und Sebastian. Arielle schloss die Augen und hoffte, dass alles nur ein böser Traum war.

Du wirst das Meer nie wieder verlassen. Die Worte ihres Vaters dröhnten wieder und wieder durch ihren Kopf. Sie fühlt sich so klein und *gefangen.* Sie erinnerte sich, dass Erik dasselbe Wort benutzt hatte. *Mit meiner Angst und Einsamkeit im Schloss gefangen,* hatte er gesagt. Und das war sie nun, eine Gefangene der Angst ihres Vaters. Sie wollte nicht, dass Angst ihr Leben bestimmte. Sie wollte offen für alles sein und neugierig.

Arielle war so in Gedanken versunken, dass sie die beiden Kreaturen, die in ihre Grotte glitten, nicht bemerkte. Abschaum und Meerschaum begannen im Kreis zu schwimmen und erzeugten einen Wirbel, in dem allmählich Ursulas Gesicht erschien. Ihre Stimme schallte durch die Grotte.

„Armes Kind. Armes, liebes Kind. Er kann ja so wütend werden. Er hält sich für allwissend."

„Wer bist du?" Arielle hob ängstlich den Blick und starrte auf die verschwommene Gestalt einer völlig fremden Frau in dem Wirbel.

Die Fremde legte sich eine Hand auf die Brust. „Oh, du wirst dich nicht an mich erinnern. Ich bin Ursula."

Arielle zuckte zurück. „Die Meerhexe?"

„Die *was?* Was hat dein Vater dir über mich erzählt?"

„Dass du am liebsten Unfrieden zwischen Menschen und Meerleuten säst."

„So, sagt er das?" Ursula zog einen Schmollmund.

„Und deshalb gibt er dir die Schuld an dem, was meiner Mutter zugestoßen ist." Arielles Vater hatte ihr nie die ganze Geschichte erzählt, denn es machte ihn unglücklich, über ihre Mutter zu sprechen. Aber er hatte immer schon gesagt, dass Ursula dabei eine wichtige Rolle gespielt hatte.

„Ach, Kindchen, das war ein Unfall" Ursula klang gekränkt. „Die Harpune irgendeines Seemanns. *Ich* hatte gar nichts damit zu tun. Und trotzdem hat er mich aus dem Königreich verbannt. Ich bin nicht das Ungeheuer, als das er mich darstellt. Und ich bin nur hier, um dir zu helfen."

Arielle zog die Augenbrauen zusammen. Nach allem, was sie über diese Frau gehört hatte, war ihr nicht zu trauen. „Ich brauche deine Hilfe nicht."

Ursula zuckte die Achseln. „Wie du meinst, Liebchen." Ihr Bild begann sich aufzulösen.

„Warte!“ Arielle hatte auf einmal Angst, eine Chance zu verpassen. Vielleicht war es dumm, aber sie fühlte sich, als würde sie von einer starken Strömung zerdrückt, und sie suchte verzweifelt einen Ausweg. Außerdem konnte es doch nicht schaden zu hören, was Ursula zu sagen hatte, oder?

Ursulas Bild wurde wieder deutlicher. „Ja?“

Arielle sah sie mit einer Mischung aus Neugier und Misstrauen an.

„Wie kannst du mir helfen?“

Die Meerhexe grinste breit. „Lass uns in aller Ruhe darüber reden. Meine Lieblinge werden dir den Weg zu meinem Heim zeigen.“

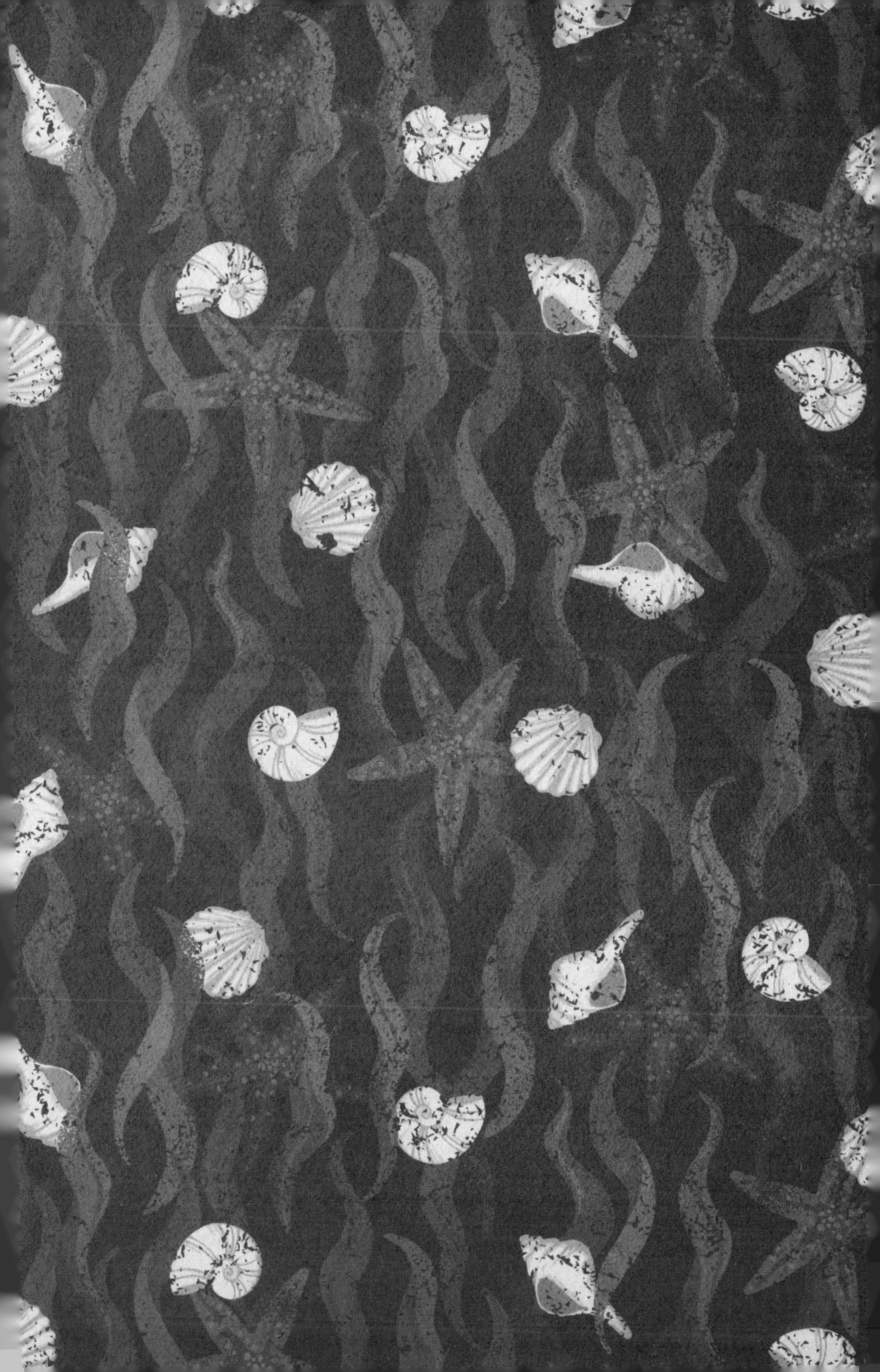

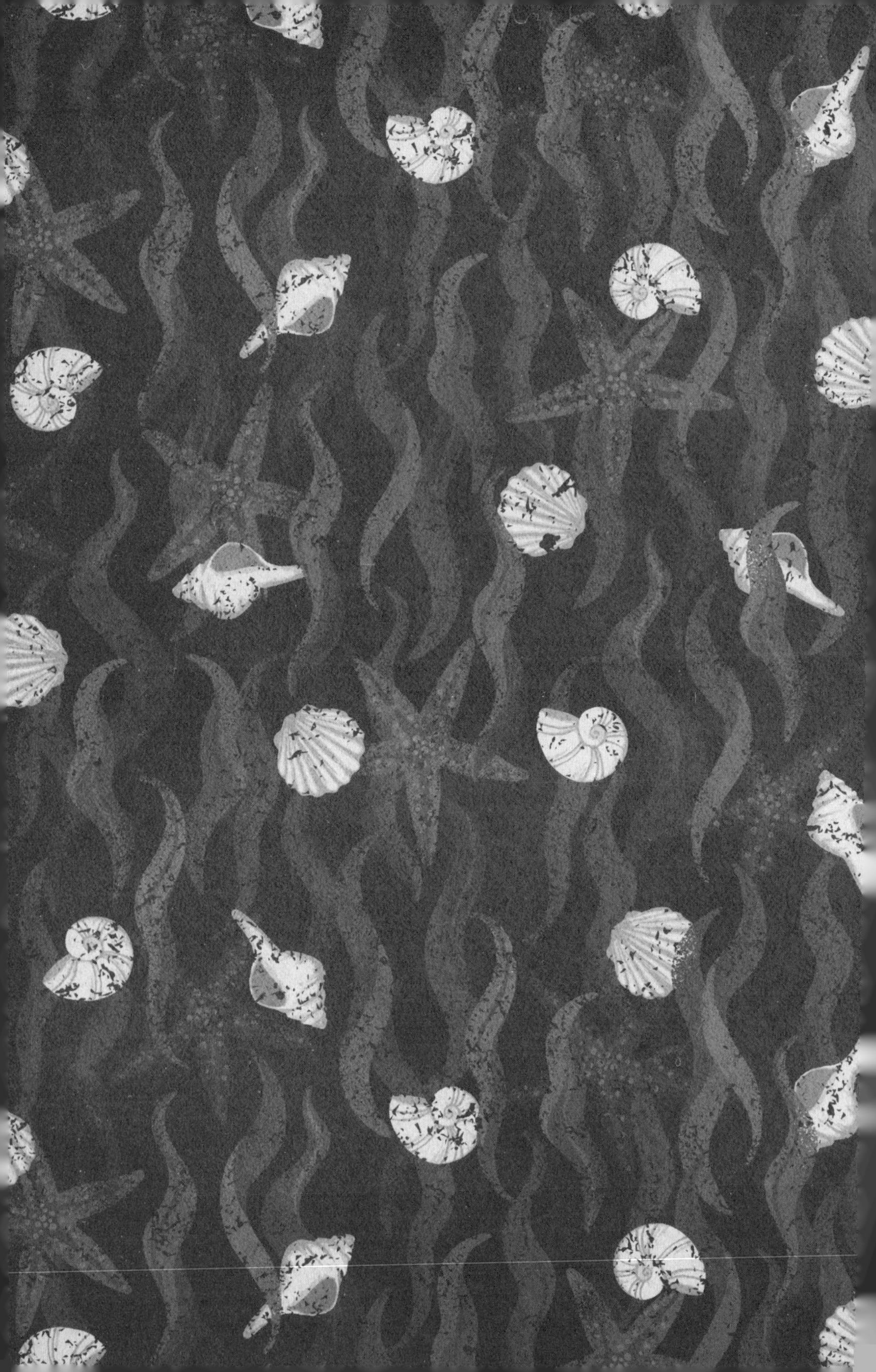

Kapitel Neun

Sebastian und Fabius hatten sich nicht weit von der Grotte entfernt. Sie machten sich Sorgen. Sebastian hatte Bauchschmerzen vor schlechtem Gewissen, er hatte Arielle noch nie so unglücklich gesehen.

„Es geht ihr doch bald wieder gut, oder?“, fragte Fabius und schwamm nervös im Kreis.

Bevor Sebastian darauf antworten konnte, geschah etwas sehr Merkwürdiges. Zwei schaurige Muränen schlängelten sich aus der Grotte – und ihnen folgte Arielle. Sebastian war sehr unbehaglich zumute.

„Arielle?“, rief er. Doch entweder hörte sie ihn nicht oder wollte ihn nicht hören. Fabius japste. Sie wussten nicht, was das bedeuten sollte, aber es konnte nichts Gutes sein.

„Wo will sie denn mit diesen schleimigen Taugenichtsen hin?“, fragte Sebastian. „Das werden wir ja sehen, komm“, forderte er Fabius auf. Schließlich war es immer noch seine Aufgabe, auf Arielle aufzupassen.

* * *

Arielle hielt es nicht unbedingt für eine gute Idee, sich mit Ursula zu treffen, aber andererseits, was konnte es schon schaden?

Sie folgte Abschaum und Meerschaum am Schiffsfriedhof vorbei immer tiefer hinab – so weit hatte sie sich noch nie vorgewagt. Das Wasser wurde kälter. Sie erschrak, als neben ihr ein Unterwasservulkan ausbrach. Kicherten die beiden Muränen etwa?

Sie waren schon eine ganze Weile unterwegs, als ein uraltes Walskelett in Sicht kam und die beiden endlich langsamer wurden. Das konnte doch unmöglich Ursulas *Heim* sein!?

Die beiden Muränen schwammen ohne zu zögern ins Maul des Skeletts hinein. Arielle zögerte. Sollte sie ihnen wirklich in den Bauch des Ungeheuers folgen, das sie mit scharfen Zähnen angrinste? *Komm doch, wenn du dich traust,* schien es zu sagen. Arielle schloss kurz die Augen. Nein, jetzt war nicht die Zeit, sich wie ein Baby aufzuführen. Sie riss sich zusammen und schwamm hinterher.

Innen sah das Skelett noch abstoßender aus als von außen. An den Knochen wanden sich hässliche, schlangenartige Wesen, die eine Mischung aus Pflanze und Unterwassertier zu sein schienen. Sie griffen mit langen, kalten schleimigen Armen nach Arielle. Eins wickelte sich sogar um ihren Hals. Arielle unterdrückte mit Mühe einen Panikanfall, während sie sich zu befreien versuchte. Schließlich riss sie sich das schleimige Wesen vom Hals und schwamm noch ein bisschen schneller weiter.

Endlich kam sie in Ursulas höhlenartigem *Heim* an. Arielle sah sich um und schüttelte sich, als ihr klar wurde, dass die Wände aus Schädeln und Knochen von ertrunkenen Menschen bestanden. Ihr wurde übel.

Ursula thronte majestätisch auf einer riesigen Muschelschale. „Herein, nur herein mit dir, Kindchen. Man lungert doch nicht auf Türschwellen herum. – Entschuldige bitte meine mehr als bescheidenen Verhältnisse. Freiwillig hätte ich mir das nicht ausgesucht." Sie deutete auf die schaurige Umgebung. „Daddy hat uns beide so ungerecht behandelt, ständig will er uns kontrollieren. Eigentlich sind wir uns ziemlich ähnlich, du und ich."

Kein sehr angenehmer Gedanke, fand Arielle und bemühte sich um einen gleichgültigen Gesichtsausdruck. Anderseits – was sie von Ursula wusste, hatte sie von ihrem Vater gehört.

Sie musterte die Meerhexe von oben bis unten. „Du siehst gar nicht so aus, wie Vater dich beschrieben hat." Nach allem, was er ihr erzählt hatte, hatte sie ein Haigebiss und einen auf der Stelle tötenden Blick erwartet.

Doch auf Ursula schien weder das eine noch das andere zuzutreffen.

Die Meerhexe glitt an der schwarz schimmernden Decke ihrer Höhle auf Arielle zu. „Tatsächlich? Wir haben uns nie gut verstanden. Er hat immer bekommen, was er wollte, und was habe ich bekommen? Nichts. Null. Nada. Niente. Kommt dir das bekannt vor, Liebchen? Ich weiß, was du durchmachst, glaub mir. Und ich weiß, warum du hier bist."

„Ich weiß es nicht einmal selbst", gab Arielle zu. Meerhexe hin oder her, von Ursula ging eine große Ausstrahlung aus. Arielle wollte, dass der Schmerz aus ihrer Brust verschwand. Aber wie sollte das möglich sein? Ursula konnte schließlich nicht ungeschehen machen, was ihr Vater angerichtet hatte.

Die Meerhexe ließ sich an ihren langen Armen von der Decke hängen. Sie war jetzt so nah, dass ihre Nase fast die von Arielle berührte. „Ich bitte dich. Ich habe dich schon eine ganze Weile beobachtet, Süße. Du willst nichts lieber, als in der Obenwelt sein. Früher warst du nur neugierig, aber jetzt hast du dein Herz dort verloren."

Arielle blinzelte überrascht. „Wie meinst du das?"

„Ach, du bist so jung. Begreifst du denn nicht?" Ursulas Gesicht kam noch näher, und Arielle wich zurück. „Ihr beide seid füreinander bestimmt." Sie ließ sich von der Decke fallen und setzte sich vor einen Frisiertisch mit einem schwarzen Spiegel. „Ich ertrage es nicht, dich so leiden zu sehen. Und rein zufällig kann ich dir helfen."

Füreinander bestimmt? Arielles Herz schlug schneller, aber noch war sie nicht überzeugt. „Wie?"

„Es ist doch ganz einfach. Du kannst nicht in der Welt da oben leben … Es sei denn, du wirst ein *Mensch.*"

„Ein *Mensch* werden? Geht das denn?"

„Liebchen, das ist meine Mission. Dafür lebe ich." Die Meerhexe grinste.

* * *

Ursula erinnerte sich, dass sie auch einmal so jung und ehrfürchtig gegenüber der Magie gewesen war wie jetzt Arielle. Nur weil sie die Magie respektierte, war sie eine Hexe geworden. Eine verteufelt gute sogar. Es war eine Schande, dass die Meerleute ihre Macht kaum noch zu sehen bekamen, und auch das war Tritons Schuld. Arielle sollte ihr dankbar sein. Ursula spürte ein aufgeregtes Kribbeln. Jetzt begann der richtige Spaß.

Sie strich Arielle sanft über die Wange. „Es ist, als ob man in einen Spiegel schaut“, sagte sie wehmütig. Oh, auch sie hatte auf der Suche nach dem Besonderen die Gesetze des Meeres übertreten. Wie sie diese jugendliche Energie vermisste! *Konzentrier dich*, befahl sie sich. „Also, das ist mein Vorschlag. Ich mixe einen kleinen Zaubertrank zusammen, der dich für drei Tage in einen Menschen verwandelt. So weit verstanden? Drei Tage. Bevor die Sonne am dritten Tag untergeht, musst du deinem Prinzchen einen Kuss gegeben haben – und zwar nicht irgendeinen Kuss. Nein, den Kuss der wahren Liebe. Ist das zu viel verlangt?“

Sie grinste, als sie sah, wie bleich Arielle wurde. „Wenn dir das gelingt, wirst du für immer ein Mensch bleiben. Doch wenn nicht, verwandelst du dich wieder in eine Meerjungfrau und gehörst mir.“

Arielle erstarrte vor Schreck. *Hoppla, nur nicht übertreiben,* dachte Ursula. *Ich will das Kind doch nicht verschrecken, bevor der Spaß überhaupt anfängt.* Sie räusperte sich.

„Du wirst natürlich verstehen, dass du diese drei Tage lang auf deine Meerjungfrauengaben verzichten musst. Also kein Fischschwanz mehr, der dich nach unten zieht. Unter Wasser atmen wirst du auch nicht mehr können – aber ernsthaft, wer will das schon?" Sie machte eine wegwerfende Handbewegung. „Und du musst selbstverständlich deinen Sirenengesang aufgeben, sonst wäre es ja nicht fair, nicht wahr?" Ursula berührte die Nautilusschnecke an ihrer Halskette." Keine Sorge. Ich werde ihn sicher und stumm hier drin aufbewahren. Also, abgemacht?"

„Ich … ich weiß nicht."

Ursula zuckte die Achseln. „Tja, ich habe dir gerade das Premiumangebot gemacht, Herzchen." Sie wandte sich ab. „Das Leben stellt einen wirklich vor schwere Entscheidungen, was?"

Arielle starrte sie einen Moment an, dann schüttelte sie

den Kopf und drehte sich zum Ausgang um. „Nein, das ist falsch, ich kann das nicht machen."

„Okay, schön", rief Ursula ihr nach. „Dann vergiss die Obenwelt. Schwimm nach Hause zu Daddy *und verlass das Meer nie wieder.*"

Arielle hielt abrupt inne. Konnte Ursula sehen, was sie dachte? Das hatte ihr Vater fast wortwörtlich so gesagt. Die Vorstellung, für immer in diesem Meer gefangen zu sein und Tritons Zorn zu spüren, war niederschmetternd.

Danke für deine Hilfe, bester Vater, dachte Ursula höhnisch. Arielle zitterte geradezu vor Verletzlichkeit, Ursula konnte die Wellen spüren, die sie erzeugte. Jetzt hatte sie sie! Bevor Arielle auch nur noch einmal nachdenken konnte, zeigte Ursula schon auf den Kessel, in dem der Zaubertrank brodelte, und wies sie an, eine Schuppe hineinzuwerfen.

Arielle riss sich eine Schuppe aus dem Schwanz und betrachtete das Blut daran. Ursula streckte einen langen Arm aus und schnappte sich die Schuppe. Ihr war fast schwindlig vor Glück, als sie sie in den Kessel fallen ließ und ihren

Zauberspruch aufsagte. Ein sonderbarer Nebel stieg aus dem Kessel auf und breitete sich in der Höhle aus. „Und jetzt sing!“, befahl Ursula. „Sing!“

Das Kind begann zu singen. Oh, das war Musik in Ursulas Ohren. Der Nebel verformte sich zu Fangarmen, kroch in Arielles Mund hinein, fasste in ihre Kehle, nahm sich ihre Stimme und trug sie in die Nautilusschnecke an Ursulas Hals. Der Nebel wurde dichter und wirbelte um Arielle herum. Und sie begann sich zu verwandeln. Ihr Schwanz löste sich auf, und statt seiner hatte sie nun zwei Beine!

Ursula kicherte. „Was für alberne Füße!“

Arielle verlor das Gleichgewicht. Panik überfiel sie. Ihre menschlichen Lungen begannen zu brennen. Auf einmal wurde ihr bewusst, dass sie als Mensch hier unten nicht überleben konnte. Verzweifelt schwamm sie durch die Rippen des Walskeletts der Meeresoberfläche entgegen. Ursula entdeckte den kleinen Fisch und den Krebs, die wie aus dem Nichts aufgetaucht waren und Arielle folgten. Sie verdrehte die Augen. Sollten diese beiden Trottel ruhig versuchen, ihrer Freundin zu helfen.

Abschaum und Meerschaum schwammen im Kreis um Ursula herum und drückten knurrend ihre Besorgnis aus. Doch Ursula machte sich keine Sorgen.

„Keine Bange, Jungs“, sagte sie und griff an ihre Nautilusschnecke. Sie fand, sie war wirklich ein Genie. „Ohne ihre Stimme ist sie aufgeschmissen.“ Doch sicherheitshalber hatte Ursula ihren Zauberspruch etwas … ergänzt. Jetzt würde Arielle sich nicht mehr daran erinnern, dass sie ihrem Prinzen einen Kuss geben musste. Ach, was gab es Schöneres als einen guten Vergessenszauber!? „Jetzt ist es nur noch eine Frage der Zeit. Und dann gehört sie mir!“

Das gackernde Lachen der Meerhexe schallte über den Meeresgrund.

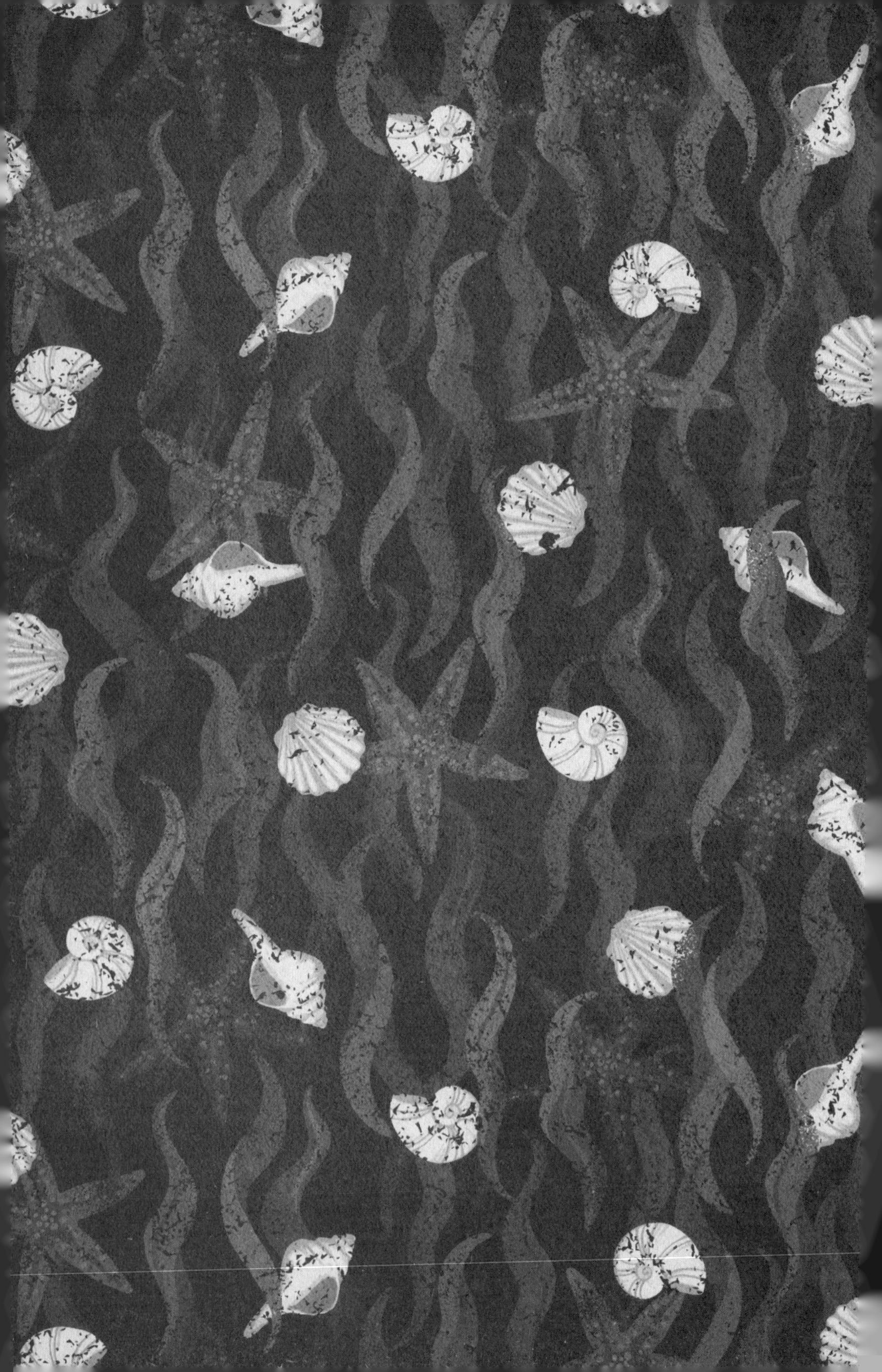

Kapitel Zehn

Arielle schnellte mit dem Oberkörper aus dem Wasser und schnappte nach Luft. Sie sah sich um, konnte aber die Küste kaum erkennen. Sie kämpfte gegen die Wellen an, die sie wieder ins Meer ziehen wollten.

Neben ihr tauchten Fabius und Sebastian auf und halfen ihr, sich an der Oberfläche zu halten.

„Ach, Arielle …“ Sebastian schaute von ihr zu einer fernen Insel und wieder zurück. „Na los, Mädchen. Wer nicht untergehen will, muss schwimmen."

Sie schwammen gefühlt stundenlang. Fabius und Sebastian halfen ihr, so gut es ging, doch Arielle hatte das Gefühl, nicht von der Stelle zu kommen. Ihre menschlichen Muskeln fühlten sich schlapp und vollkommen nutzlos an.

„Gar nicht so einfach ohne deinen Schwanz, was?", sagte Sebastian spitz. Arielle fragte sich, ob schwimmen für Menschen immer so anstrengend war. Wahrscheinlich bauten sie deshalb Schiffe. Um sich abzulenken, schaute Arielle in den Morgenhimmel. Er war nicht blau, wie sie erwartet hatte, sondern dunkelrosa und von gelben Sonnenstrahlen durchzogen. Die Farben erinnerten sie an die Meereskorallen. Anscheinend hatten die beiden Welten doch etwas gemeinsam.

Wenn sie doch nur nicht so müde wäre.

„Nicht langsamer werden", feuerte Sebastian sie an. „Du musst dich nur an deine Beine gewöhnen. Wir haben's fast geschafft."

Arielle wollte sich noch einmal richtig anstrengen – da wurde sie mit Fabius und Sebastian von einem Netz aufgefischt, aus dem Wasser und aufs Deck eines kleinen Fischerboots gezogen. Einen Moment lang war sie ganz benommen. Sie schaute nach oben und sah Seevögel über sich kreisen. War Scuttle dabei? Das kratzige Netz kniff Arielle in die Beine und presste sie auf einen Haufen kleiner Fische. Es war nicht besonders bequem, aber sie war doch froh, nicht mehr im Wasser zu sein.

Der alte Fischer war zu sehr damit beschäftigt, die Seevögel von seinem Fang fernzuhalten, um sie zu bemerken. Als er dann sah, was da unter Seetang in seinem Netz lag, schnappte er nach Luft.

„Erbarmen!" Schnell befreite er sie. „Geht es dir gut?"

Arielle öffnete den Mund und wollte *Mir geht es gut* sagen, aber die Worte kamen nicht heraus. Nicht ein Laut kam heraus. Erschrocken riss sie die Augen auf.

„Du armes Mädchen", sagte der alte Fischer und sah sie mitleidig an. „Das muss der Schock sein. Ich werd mal nachsehen, ob ich was Warmes für dich finde." Er verschwand unter Deck und murmelte: „Noch 'n Schiffbruch. Himmel hilf!“

Arielle saß da und bewunderte ihre Beine. Es waren zwei! Sie waren lang und braun und glatt. Sie wackelte mit den Zehen und kicherte lautlos in sich hinein – was für ein komisches Gefühl. Sie war wahrscheinlich die erste Meerjungfrau mit Beinen. Es kam ihr wie ein Traum vor.

Sie versuchte aufzustehen. *Endlich auf zwei Beinen stehen*. Doch kaum hatte sie ihr Gewicht auf die Füße verlagert, schoss ein scharfer Schmerz durch ihren Körper. Sie ließ sich fallen. *Wie schafften die Menschen es bloß, das so einfach aussehen zu lassen?*

In diesem Moment stieß Scuttle auf der Suche nach ein oder zwei Fischen zum Frühstück aufs Boot hinunter. Sie staunte nicht schlecht, als sie ein vertrautes Gesicht sah.

„Hey, was machst du denn hier, Kleine? Ich dachte, du darfst nich' hier oben sein. Und jetzt machst du eine Bootstour?“

„Diese verflixte Meerhexe, sie hat dir deine Stimme

Arielle ist eine Meerjungfrau. Doch sie würde am liebsten an Land leben – in der Welt der Menschen.

Eines Tages rettet Arielle den Prinzen Erik. Er ist mit seinem Schiff in einen Sturm geraten und wäre fast ertrunken.

Arielle lässt sich auf einen Handel mit der Meerhexe ein: Sie opfert ihre Stimme, um ein Mensch zu werden. An Land wird Arielle in das Schloss des Prinzen gebracht.

Im Schloss gerät Prinz Erik in Streit mit seiner Mutter. Er hofft immer noch, das Mädchen zu finden, das ihn vor dem Ertrinken gerettet hat.

Arielle ist traurig darüber, dass sie keine Stimme mehr hat. Und doch ist sie fasziniert von der Welt der Menschen. Neugierig erkundet sie das Schloss – auf eigenen Füßen.

Arielle findet einen Raum, vollgestopft mit allerlei Dingen aus der Menschenwelt. Er erinnert sie an ihr Geheimversteck.

Das Zimmer gehört Prinz Erik. Hier bewahrt er all die Dinge auf, die er im Laufe der Jahre gesammelt hat.

Erik schenkt Arielle eine kleine Figur: Es ist eine Meerjungfrau aus kostbarer Jade.

Der Prinz und Arielle schauen sich Weltkarten an und träumen sich in fremde Länder.

Grimsby, Eriks Freund und Minister, fragt sich, ob Arielles Ankunft den Prinzen endlich die Suche nach seiner geheimnisvollen Retterin vergessen lässt.

Arielle und Erik fahren gemeinsam zum Marktplatz.

Die beiden hatten einen wunderbaren Tag auf dem Markt. Zurück im Schloss verstecken sie sich vor Grimsby und der Königin.

Die Meerhexe verwandelt sich in die schöne Vanessa und will den Prinzen dazu bringen, sie zu heiraten.

Arielle kann den Zauber der Meerhexe endlich brechen und bekommt ihre Stimme zurück. Nun wird Erik klar: Sie ist seine geheimnisvolle Retterin.

geklaut!", schimpfte Fabius und rutschte aus dem Fischhaufen.

„Oh, ho, Fabius. Wovon quasselst du da?", fragte Scuttle.

„Na, Sebastian hat Triton erzählt, dass Arielle einen Menschen gerettet hat, und Triton ist so wütend geworden ..."

Sebastian kam aus dem Fischhaufen gekrabbelt und unterbrach ihn. „Okay, okay, keine Zeit, um mit den Flossen auf andere Leute zu zeigen."

„Ho, ho! Die ganze Gang!" Scuttle freute sich, all ihre Freunde beisammen zu sehen.

Sebastian schob Fabius an den Rand des Decks. „Erklär ich dir später. Jetzt müssen wir dich von hier runterkriegen." Weil Fabius nicht austrocknen durfte, stupste Sebastian ihn durch ein kleines Loch in der Reling.

„Moment!", rief Fabius im Fallen. „Ich hab dir noch gar nichts von der Meerhexe erzählt." Da versank er schon mit einem leisen Platschen im Meer.

„Tschühüs!", winkte Sebastian ihm nach. „Und erzähl *niemandem* von der Meerhexe."

Scuttle flog neben Arielle und legte den Kopf schief. „Hm … irgendwas an dir ist anders." Sie hüpfte geistesabwesend auf Arielles Füße. „Nicht verraten … Es ist deine Frisur, richtig? Du hast den Dinglehopper benutzt, stimmt's?"

Arielle schüttelte lächelnd den Kopf.

Scuttle hüpfte auf ihre Knie und starrte konzentriert zu ihr hoch. „Ich krieg's, ich krieg's nicht raus. Aber wenn ich hier lange genug rumstehe, dann …"

„Sie hat Beine, du Trottellumme, du!", rief Sebastian und fuchtelte genervt mit seinen Scheren.

Scuttle sah ihn mit gerunzelter Stirn an. „Wir ham' doch darüber geredet. Ich mag es nich', wenn du mich Trottellumme nennst. Weißt du, warum? Es ist verletzend. Warum sagst du nich' was Nettes zu mir? So was wie: Hey Scuttle, du weißt echt ein paar irre Sachen. Ich könnt dir da auch ein paar irre Sachen erzählen."

Scuttle wurde von dem alten Fischer unterbrochen. Er war wieder an Deck gekommen und schlug nach ihr, ohne sich darum zu kümmern, dass sie gerade eine Unterhaltung führte. Er hörte sie nur kreischen. Typisch, Menschen schienen nie zu verstehen, was Tiere sagen wollen.

„Hier, nimm das“, sagte der Alte und wickelte Arielle eilig in ein Segeltuch. „Das muss fürs Erste reichen. Ich bring dich ins Schloss. Da werden sie wissen, was sie mit dir anfangen sollen.“

Arielle lächelte. Er brachte sie zu Erik! Der alte Mann nickte ihr beruhigend zu, ging auf die andere Bootsseite – und entdeckte Sebastian. Er hob den Krebs auf, warf ihn in eine Kiste mit Fischen und schlug den Deckel zu.

Auf der Fahrt zum Schloss erzählte der Alte Arielle, dass er Joshua hieß. Seit seiner Kindheit war er schon Fischer, und er schien mit seinem Leben zufrieden zu sein. Nachdem sie an Land festgemacht hatten, trug er Arielle zu einem Karren, den er mit seinen Fischkisten belud. Er versicherte ihr, dass alles gut werden würde, und kletterte auf den Bock. Als der Karren sich in Bewegung setzte, wagte Arielle einen Blick über den Rand. Sie hatte noch nie ein Rad gesehen und war fasziniert davon, wie es sich drehte und drehte. Sie streckte die Finger aus, berührte es – und zog dann schnell die Hand wieder weg. *Was für ein seltsames Gefühl.*

Und da begriff sie: Sie war tatsächlich an Land! Sie fühlte sich so frei wie noch nie. Eine ganze weite neue Welt wartete auf sie. Und sie hatte *Beine!*

Sie versuchte noch einmal aufzustehen, doch der Karren ruckelte und sie wäre fast heruntergefallen. Sie hatte ja nicht geahnt, wie schwer es war, einfach nur zu stehen. Aber das würde sie schon schaffen.

Eine sanfte Brise tanzte über ihr Gesicht. Arielle wandte den Kopf von links nach rechts und wieder zurück, um nichts zu verpassen. Sie sah hohe Erdhügel, deren Spitzen sich an die Wolken drücken. Das musste ein unglaubliches Gefühl sein, da oben zu stehen und die Wolken zu streicheln!

Das Schloss kam in Sicht, und Arielles Herz schlug höher.

Joshua fuhr durch ein Tor, hielt vor dem Hintereingang und rief den Dienern zu: „Schnell, holt Laschana!“

Arielle fragte sich kurz, wer Laschana wohl war, aber

dann bewunderte sie nur noch das Schloss. Es war riesig. Es sah sonderbar aus, anders als der Unterwasserpalast ihres Vaters. Hier gab es keine bunten Korallen, die sich in der ewigen Meeresströmung wiegten, und doch wirkte es mächtig und majestätisch. Die Menschen schienen sehr fleißig zu sein, die Diener fingen gleich an, die Fischkisten vom Karren zu laden und ins Schloss zu tragen. Sie bewegten sich mühelos und rhythmisch, so als hätten sie diese Bewegungen schon seit langer Zeit eingeübt.

Joshua trug Arielle in eine kleine Küche. Arielle machte große Augen. Die Menschen tauchten Geschirr in herrlich schaumiges Wasser. Auch hier bewegten sich alle, als hätten sie einen gemeinsamen Rhythmus. Arielle hätte sich all die unbekannten Menschensachen gerne in Ruhe angesehen, doch Joshua trug sie in den nächsten Raum.

Er setzte Arielle in ihrem Segeltuch auf einen Stuhl vor einem prasselnden Kaminfeuer. Sie konnte gar nicht mehr aufhören zu lächeln. Es gab so viele neue Dinge, sie wusste nicht, wo sie zuerst hinschauen sollte.

Laschana, die Hausdame, kam eilig herein. Sie war

schlicht angezogen, strahlte aber eine freundliche Autorität aus. „Joshua, was soll der Aufstand?“ Als sie Arielle sah, trat sie erstaunt einen Schritt zurück. „Was in aller Welt …?“

„Das Mädchen hat sich in meinem Netz verfangen.“

„Ist sie verletzt?“

Joshua knurrte. „Sie wird's überleben. Aber sie hat einen Schreck bekommen. Sagt kein Wort.“

Sie redeten weiter über sie, doch Arielle hörte nicht zu. Sie schaute gebannt ins Feuer. Sie hatte erst einmal ein Feuer gesehen, in der Nacht, in der das Schiff sank. Jetzt tobte kein Sturm, und sie konnte es in Ruhe bewundern. Seine Flammen tanzten gelborange und erleuchteten den ganzen Raum. Bei jeder Bewegung summte es knisternd. Und warm war es! Arielle streckte eine Hand aus, um es zu berühren … *Autsch! – Merke: Feuer tut weh.*

Nun ja, sie war eben in einer völlig unbekannten Welt. Natürlich machte sie da am Anfang noch Fehler, aber sie hatte endlich die Möglichkeit, Neues auszuprobieren.

Sie schaute auf ihre Beine hinunter. Die wollten auch ausprobiert werden. Arielle holte tief Luft und unternahm den dritten Versuch, aufzustehen. Sie drückte sich aus dem Stuhl hoch und verlagerte das Gewicht auf die Füße. Doch sie verlor wieder das Gleichgewicht und fiel hin.

Laschana kam sofort zu ihr. „Ach herrje!" Arielle lächelte sie dankbar an, als Laschana sie hochzog und stützte. „Jetzt gehen wir nach oben, waschen dich und suchen dir neue Kleider."

Arielles Beine waren wacklig, Laschana musste sie fast tragen. So ging es nur langsam voran, doch es war aufregend, eine Treppe hinaufzusteigen!

Sebastian schaute aus seiner Fischkiste heraus, die in die Küche getragen worden war, und sah gerade noch, wie Arielle verschwand. Er seufzte. Es war verdammt schwer, auf dieses Mädchen aufzupassen.

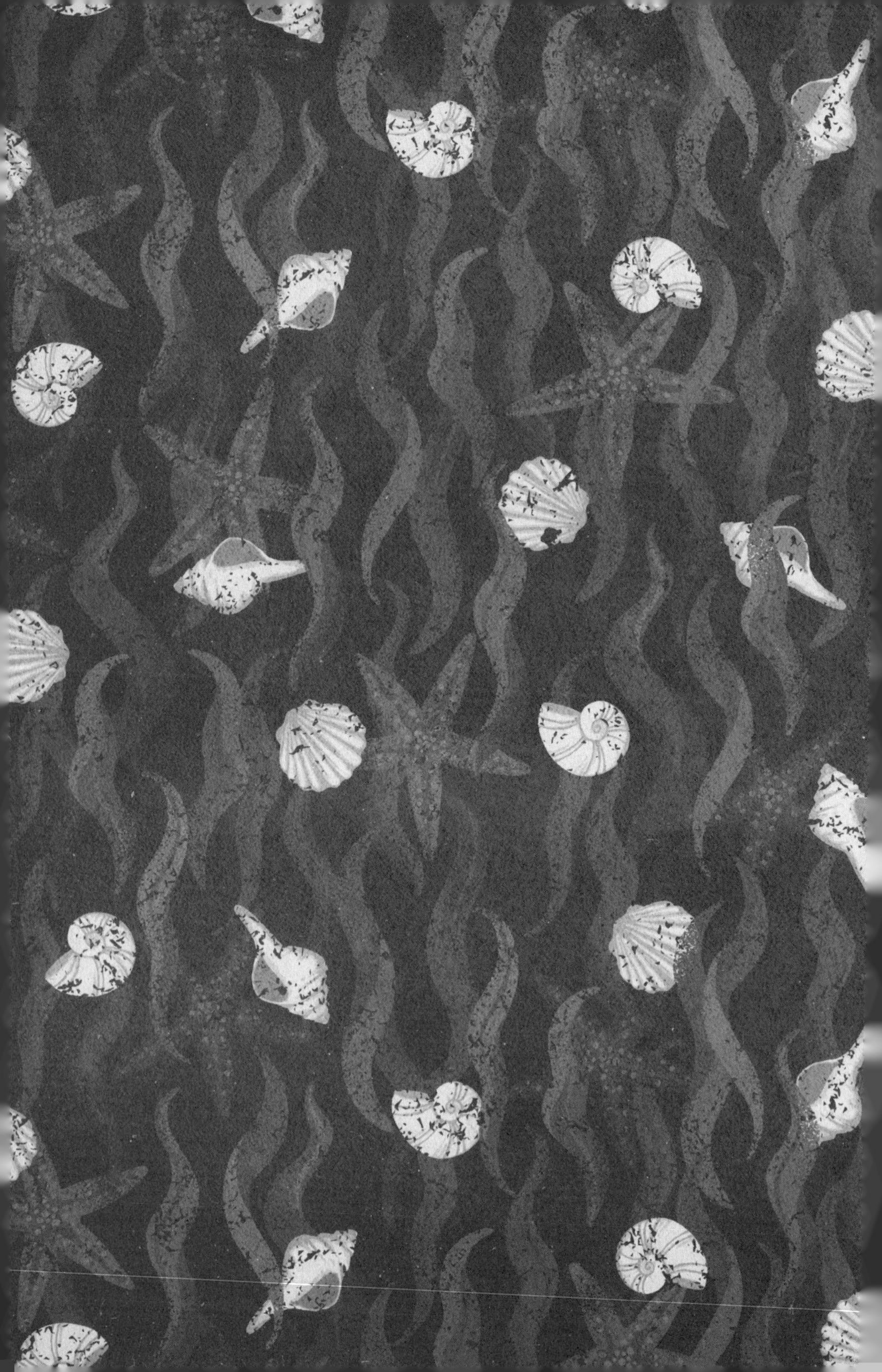

Kapitel Elf

Laschana führte Arielle in ein Gästezimmer. Sie nahm ihr das Segeltuch ab und setzte sie in etwas, das sie „Badewanne“ nannte. Die Wannenwände fühlten sich kühl an. Laschana hatte ihr nicht gesagt, was sie tun sollte, doch Arielle fiel auf, dass die Wanne wie ein gestrandetes Porzellanboot aussah. Vielleicht brauchte sie Wasser?

Plötzlich wurde ein Schwall heißes Wasser über ihren

Kopf gegossen. Arielle keuchte erschrocken. So hatte sie das nicht gemeint. Die Wanne füllte sich schnell mit Wasser, viel wärmer, als Arielle es gewohnt war. Gefiel den Menschen das? Inzwischen war ein junge Menschenfrau dazugekommen, Rosa. Laschana half ihr, das Zimmer herzurichten.

„Kann sie überhaupt nicht sprechen?", fragte Rosa.

„Ist das ein Wunder?", fragte Laschana zurück. „Nach allem, was sie durchgemacht hat? Ein Segen, dass es nicht schlimmer ist."

„Sie hat so einen abwesenden Blick."

„Ein Stück Seife und ordentlich schrubben und schon geht's ihr wieder gut."

Arielle wusste nicht, was Seife war, doch sie wusste, dass sie sich in dieser Wanne nicht besonders wohlfühlte. Sie schaute sich um und zuckte zusammen, als sie einen toten Fisch sah, der auf eine Kaminkachel gemalt war. Sebastian hatte sie vor den Menschen gewarnt … Nun wurde sie doch nervös.

„Hol mir das Korsett und die übrigen Unterkleider aus

dem anderen Zimmer. Oh! Und bring mir auch das blaue Kleid", sagte Laschana.

„Blau … Ich erinnere mich an kein blaues Kleid", sagte Rosa.

„Kindchen, das blaue Kleid, in deinem Zimmer."

„Ich bin mir ziemlich sicher, dass das grün ist."

„Gut, dann bring mir das grüne Kleid, und wir werden sehen, ob es blau ist." Laschana seufzte.

„Okay … Ich dachte, es ist grün …"

Laschana und Rosa redeten weiter über Kleider. Arielle schloss die Augen, ließ sich unter Wasser sinken und versuchte, sich zu beruhigen. Die Stimmen verstummten. Sie sollte sich jetzt lieber nicht fragen, ob sie die richtige Entscheidung getroffen hatte. Das Leben im Meer war ihr einsam und enttäuschend vorgekommen. Wie klein sie sich immer gefühlt hatte, wenn ihr Vater ihr wieder einmal nicht zuhörte. *Solange du in meinem Meer lebst*, hatte er gesagt. In seinem Meer traute ihr niemand zu, dass sie über sich selbst bestimmen konnte. Aber jetzt war sie an Land. Hier würde alles anders sein.

Arielle schoss aus dem Wasser. Noch nie hatte sie so verzweifelt nach Luft geschnappt. Natürlich hatte sie gewusst, dass Menschen unter Wasser nicht atmen konnten wie Meerjungfrauen, aber dass sie nur so kurz ohne Luft auskamen, hatte sie nicht geahnt. Die Menschen waren gar nicht so frei, wie sie gedacht hatte …

Laschana trat an die Wanne und drückte Arielle einen merkwürdigen weißen Riegel in die Hand. „Hier, riecht gut, oder?“

Arielle hielt ihn sich an die Nase – er roch wirklich gut, süß und zugleich etwas streng. Wahrscheinlich aßen die Menschen so was. Sie biss ein Stück davon ab und musste würgen. *Es schmeckte überhaupt nicht so, wie es roch.*

Laschana riss die Augen auf und nahm ihr die Seife aus der Hand. „Oh, du armes Mädchen! Du musst am Verhungern sein! Rosa, hol dem Kind was zu essen – aber schnell, bevor sie auch noch in die Bürste beißt.“

„Ja, Ma’am.“ Rosa lief eilig hinaus.

„So, und jetzt werden wir dir mal den Seetanggestank abwaschen, Mädchen“, sagte Laschana und lächelte sie an.

Arielle war ein wenig beleidigt. Sie hatte den Geruch von Seetang immer gemocht. Sie stank *nicht.* Sie roch sicherheitshalber an ihrem Arm, während Laschana die Bürste mit Seife einschäumte.

Es war ein komisches Gefühl, so geschrubbt zu werden, aber nicht unangenehm. Arielle gefielen die weißen Schaumblasen, mit denen die Wanne sich füllte. Laschana sah sie belustigt an, als sie eine Handvoll auffischte und zurück ins Wasser pustete.

Nachdem Arielle für „ordentlich sauber" erklärt worden war, ging es ans Anziehen. Sie entdeckte, dass Menschenkleider einengend waren. Laschana und Rosa drückten ihre Füße in Schuhe und zogen das Korsett um ihren Oberkörper so fest, dass Arielle kaum noch Luft bekam. Sie beobachtete im Spiegel, wie eine Schicht Kleidung über die andere gezogen wurde. Sehr merkwürdig und nicht das, was sie erwartet hatte. Aber gut, offenbar zogen Menschenfrauen gerne diese ungemütlichen Sachen an – und Arielle wollte schließlich neue Erfahrungen sammeln.

Sie konnte jetzt ohne Hilfe stehen und wippte entzückt auf den Fußballen.

Laschana und Rosa hatte Mühe, ihr das blaue Kleid über den Kopf zu ziehen.

„Endlich haben sich die Stürme gelegt. Sie haben ganz schön viel Unheil angerichtet“, sagte Laschana.

„Oh, die haben gewütet. Jetzt ist hoffentlich Schluss damit“, erwiderte Rosa.

„Es ist kaum zu glauben. Zwei Schiffe gesunken, in nur einer Woche.“

„Prinz Erik sucht immer noch nach dem Mädchen, das ihn gerettet hat.“

Er suchte nach ihr? Arielle schob den Kopf durch die Halsöffnung des Kleids.

„Sagt, dass er nicht ruhen will, bis er sie gefunden hat.“

Arielle strahlte. Laschana und Rosa sahen sich vielsagend an.

„Bleib du hier! Ich hole den Prinzen“, sagte Laschana und lief aus dem Zimmer.

Arielle fragte sich, ob er sie wohl erkennen würde und ob er sich ihr genauso verbunden fühlte wie sie sich ihm. Was würde er wohl sagen? Wie würde sie reagieren? Tausend Möglichkeiten schossen ihr durch den Kopf. Die Vorfreude kribbelte bis hinunter in ihre neuen Zehen.

* * *

Erik stand in der Halle und unterhielt sich mit Sir Grimsby, als Laschana zu ihm gelaufen kam. „Eure Hoheit! … Ich glaube … Wir sind uns nicht ganz sicher, aber ich glaube, wir haben sie gefunden."

Erik wusste sofort, welche *sie* gemeint war. Schlagartig erfüllten ihn Aufregung und Hoffnung. Laschana berichtete etwas von einem Fischer und einem Netz. Die Geschichte konnte er auch später noch hören, jetzt wollte er sofort zu dem Mädchen.

Laschana ging voraus, und die drei eilten die Treppe hinauf. Im Gästezimmer angekommen, blieb Erik wie angewurzelt stehen.

Sie ist wunderschön, war sein erster Gedanke. Sie trug ein einfaches blaues Kleid, hatte schöne braune Haut und langes kupferrotes Haar, das ihr auf den Rücken fiel. Er war sich ziemlich sicher, dass er sie nicht kannte, doch irgendwie kam sie ihm vertraut vor. Ihre großen braunen Augen sahen ihn an und leuchteten auf. Erkannte *sie* ihn?

Das Mädchen lächelte und öffnete den Mund. Dann schloss sie ihn wieder, und das Lächeln verschwand. Bestimmt war sie nervös.

„Es tut mir so leid, dass dir ein Unglück geschehen ist", sagte er. „Wie heißt du?"

Sie starrte ihn wortlos an und machte ein trauriges Gesicht.

„Sie spricht nicht, Sire", erklärte Laschana.

Erik war bitter enttäuscht – dann konnte sie nicht die Richtige sein. Wie dumm von ihm, dass er sich gleich so große Hoffnungen gemacht hatte, aber … Er riss sich zusammen, das arme Mädchen konnte ja nichts dafür. Er lächelte sie an.

„Wir freuen uns, dass du bei uns bist. Kennst du hier

jemanden? Hast du Familie hier?" Das Mädchen ließ den Kopf hängen. Erik konnte spüren, wie unglücklich sie war. Wahrscheinlich hatte sie mehr verloren, als man in Worte fassen konnte.

„Dann kannst du bei uns im Schloss bleiben, so lange du willst." Er sah Laschana an. „Sorg dafür, dass sie alles hat, was sie braucht."

„Ja, Hoheit."

Als Erik sich umdrehte, fing er Grimsbys fragenden Blick auf und schüttelte den Kopf. Er sah sich noch einmal nach dem Mädchen um und verließ, gefolgt von Grimsby, das Zimmer.

* * *

Mit jedem Schritt, den Erik sich entfernte, brach Arielles Herz mehr in Stücke. Sie hatte geglaubt, er müsste sie nur einmal ansehen und würde sich sofort an sie erinnern. Aber das tat er nicht. Schlimmer noch – er hatte sie enttäuscht angeschaut.

Laschana legte ihr sanft eine Hand auf die Schulter. „Du solltest dich erst einmal ausruhen."

Arielle versuchte ein dankbares Lächeln. Ihr menschlicher Körper fühlte sich plötzlich ganz schwach an. Laschana und Rosa gingen hinaus und warfen ihr traurige Blicke zu, ehe sie die Tür hinter sich schlossen und Arielle allein ließen.

Ein paar Sekunden starrte sie nur die Tür an und lauschte auf die sich entfernenden Schritte. Dann ging sie langsam zum Fenster und setzte sich auf die Fensterbank. Sie schaute aufs Meer hinaus, *ihr* Meer, und fühlte sich unendlich verlassen.

Irgendetwas war mit ihrem Gesicht, es fühlte sich merkwürdig an. Sie strich sich mit den Fingern über die Wange und betrachtete sie dann. Sie waren nass. Tränennass. Meerleute weinten keine Tränen … Sie waren erstaunlich warm. Und als sie ihr über die Wangen in die Mundwinkel flossen, stellte sie fest, dass sie salzig schmeckten – wie das Meer.

Ihr Meer, das jetzt so fern schien – bei dem Gedanken

flossen die Tränen noch stärker. Arielle hielt sich instinktiv die Hand vor den Mund, dabei war daraus gar kein Schluchzen zu hören.

Sie wischte sich mit dem Ärmel die Augen trocken und sah wieder aus dem Fenster. *Hoffentlich hatte sie keinen riesengroßen Fehler gemacht.*

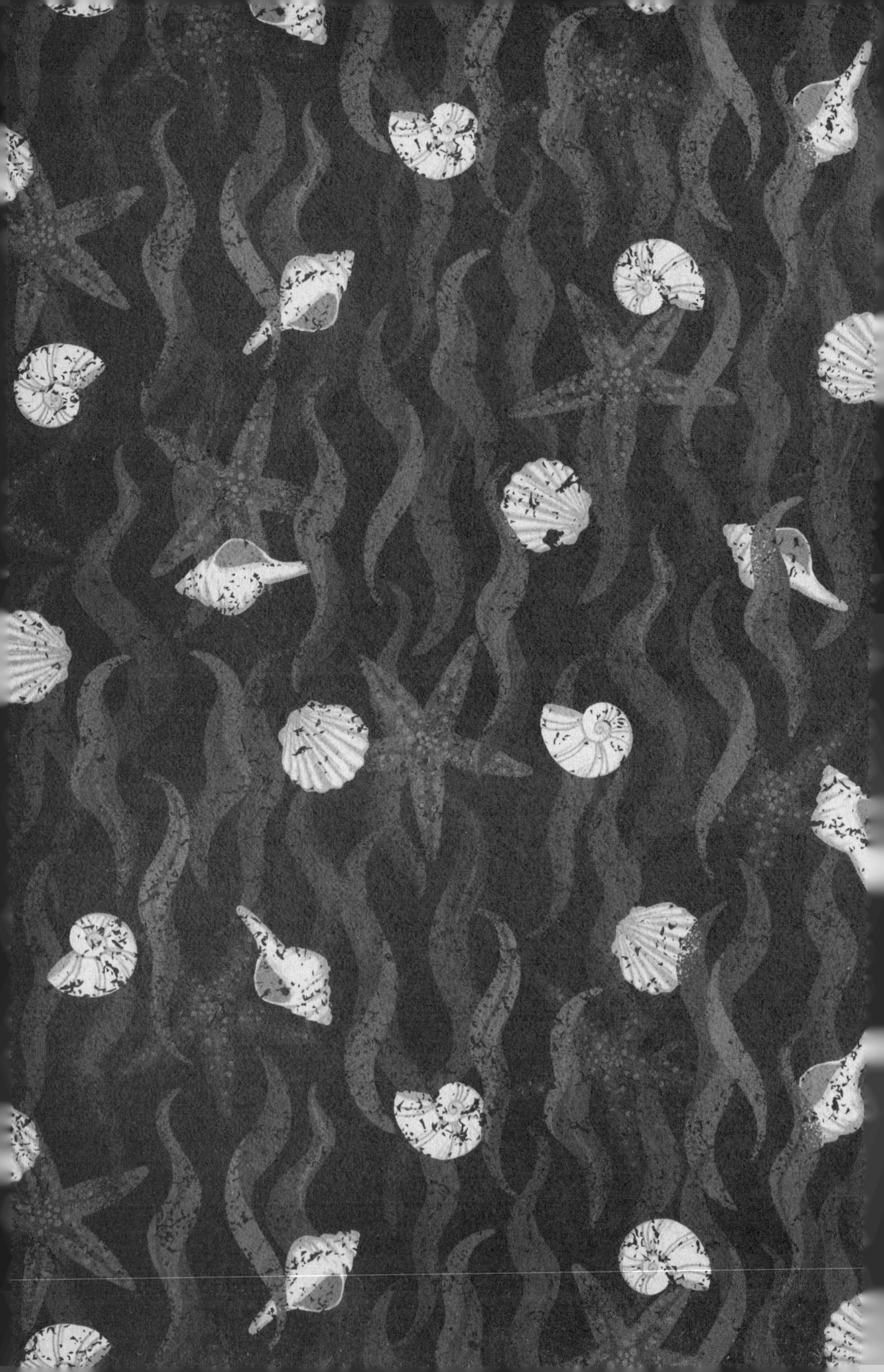

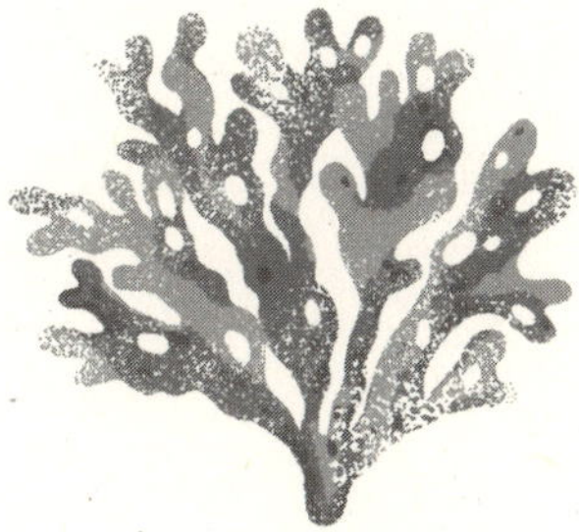

Kapitel Zwölf

Sebastian hatte eine Ewigkeit gebraucht, um sich aus der Fischkiste zu befreien. Als er es endlich geschafft hatte, war er außen an der Schlossmauer hochgeklettert, bis er an dem offenen Fenster angekommen war, an dem Arielle saß. Er war erschöpft und übel gelaunt, und kaum dass er sie sah, schimpfte er los:

„Das ist ohne jeden Zweifel der demütigendste Tag meines Lebens. Erst wirft man mich mit Schleimköpfen in eine Kiste. Ich hätte als Fischstäbchen enden können!" Er marschierte hektisch im Kreis herum. „Und dann diese Kraxelei. Hätten sie dir kein Zimmer im Erdgeschoss geben können? Krebse sind nicht fürs Klettern gemacht! Ich hoffe, du weißt zu würdigen, was ich deinetwegen auf mich nehme, junge Dame!"

Sie wandte den Blick ab.

„O nein, dreh mir ja nicht den Rücken zu! Was hast du dir dabei gedacht, deine Meerjungfrauengaben aufzugeben? ... Hm ... Wenn wir diese Hexe dazu bringen könnten, sie dir wiederzugeben, dann könntest du nach Hause schwimmen und einfach ..." – Er sah die Traurigkeit in Arielles Augen und seufzte. „Und einfach für den Rest deines Lebens unglücklich sein. Ach je, ich werde langsam zum Weichtier. Okay, okay. Ich helfe dir. Aber wir müssen mutig und schnell handeln. Und vergiss den Kuss nicht ..."

Arielle hob Sebastian hoch und gab ihm einen Kuss.

„Huch, nein, nicht mich! – Den Prinzen sollst du küssen!"

Arielles sah ihn verständnislos an. „Erinnerst du dich nicht? Dir bleiben nur drei Tage, um ..." Er verstummte, denn sie schien völlig abwesend zu sein. Er wedelte mit einer seiner Scheren vor ihrem Gesicht herum. „Hallo?"

Arielle reagierte nicht. Sie setzte Sebastian auf den Sims zurück und gähnte. Sie bewegte sich wie in Trance. Und plötzlich begriff Sebastian. „O nein! Sie hat dich verzaubert! Du kannst dich an nichts erinnern, stimmt's?"

Arielle schloss die Augen und legte sich auf die breite Fensterbank. Sebastian verzweifelte fast.

„Und was machen wir jetzt?" Natürlich spielte diese alte Hexe nicht fair. Sie wollte nicht, dass Arielle ihren Prinzen bekam. Doch Sebastian war kein Aufgeberkrebs. Seine Mission war schwieriger geworden, aber nicht unmöglich.

„Wir haben keine Zeit zu verlieren. Wir müssen nur austüfteln, wie wir euch zwei zusammenbringen, und dann …" Arielle war eingeschlafen. Er schüttelte den Kopf. „Du bist ein hoffnungsloser Fall, Kind. Weißt du das? Vollkommen hoffnungslos."

Doch es war ein langer Tag gewesen. Sebastian fand, auch er sollte sich ein kurzes Nickerchen gönnen. Kaum er hatte seine müden Augen geschlossen, da flatterte und krächzte es vor dem Fenster. Mochten die Meeresgötter ihm beistehen, es war dieser verflixte Vogel!

Scuttle flog durchs geöffnete Fenster herein und machte sich über die Leckereien her, die man Arielle auf einem Tablett gebracht hatte. „Ooooh, ein Büffet. Was, keine Nüsse?"

„Was machst *du* denn hier?", fragte Sebastian.

„Och, da bist du." Scuttle wandte den Kopf und grinste ihn an. „Ich hab dich gesucht. Fabius hat mir die ganze Geschichte erzählt. Hat Arielle diesen Prinzen schon gekillt?"

„Nicht gekillt! *Geküsst*, du Tölpel! Und es ist schlimmer, als wir dachten. Sie wurde von einer Hexe verzaubert. Ich erzähle ihr von dem Kuss – und sie weiß von nichts. Jetzt müssen wir ran."

„Und den Prinzen küssen?"

Sebastian stöhnte. „Vergiss es!"

„Wo is' Arielle jetzt?"

„Wie, wo ist Arielle jetzt? Hier natür…" Sebastian hatte sich umgedreht. Arielles Schuhe waren noch da, aber das war auch alles. „Oh." *Warum wunderte er sich überhaupt?* Arielle hatte es schon als Meerjungfrau nie lange an einem

Fleck ausgehalten. Jetzt hatte sie zwei nagelneue Füße, um ihm davonzulaufen.

Sebastian starrte sehnsüchtig auf das leere Bett. Von wegen Nickerchen. Er musste einem Teenager nachjagen. *Schon wieder.*

* * *

Arielle schlich sich die Treppe hinunter. Der kühle Boden unter ihren Füßen fühlte sich wunderbar an. Das Schloss war riesig – wie lange würde sie wohl brauchen, um es zu erkunden? Sie lief leise durch die Halle und spähte neugierig in verschiedene Räume, die voller geheimnisvoller Dinge waren. Sie hatte ja immer gewusst, dass die Schätze aus den Schiffswracks nur ein winziger Teil der Menschenschätze sein konnten …

Das Geräusch sich nähernder Schritte ließ sie zusammenzucken. Durfte sie überhaupt hier herumwandern? Sie machte einen Schritt rückwärts über eine Türschwelle und warf noch einmal einen schnellen Blick in die Halle. Niemand zu sehen. Erleichtert drehte sie sich um und nahm den Raum in Augenschein. Er war *sehr* hoch und voll mit Dingen in allen Formen, Farben und Größen.

Er erinnerte sie an ihre Grotte. Auch er war schwach beleuchtet und voller Schätze aus aller Welt: Muscheln, Schwerter, Musikinstrumente, sonderbare Gegenstände aus Jade, Silber und Gold. Die Wände waren mit Seekarten geschmückt oder mit Bücherregalen vollgestellt.

Arielle ging staunend umher. Sie hätte am liebsten alles berührt, wusste aber nicht, wo sie anfangen sollte. Da entdeckte sie eine kleine Figur und blieb überrascht stehen. Es war eine winzige Meerjungfrau aus Jade, die auf einem runden Felsen saß. Sie nahm sie und drehte sie bewundernd in den Händen.

In dem Moment kam ein missgelaunter Krebs in den Raum geschlittert.

„Was treibst du hier drin, Kind? Du kannst nicht einfach nach Lust und Laune überallhin …“

Die Tür schwang auf, und er verstummte. Aus der Halle strömte Licht herein. Arielle und Sebastian schauten erschrocken auf den Umriss einer menschlichen Gestalt, die im Türrahmen stand.

„Versteck dich!“, flüsterte Sebastian und sauste in Deckung. Arielle trat tiefer in die Schatten zurück.

„Wer ist da?“, fragte eine Stimme. *Erik!* Arielle hätte seine Stimme unter allen anderen erkannt. Er ging nichts ahnend an ihr vorbei zum Fenster und zog die Vorhänge auf. Die untergehende Sonne warf ihre rotgoldenen Strahlen in den Raum. Als Arielle aus den Schatten trat, sog Erik die Luft ein.

„Oh“, sagte er. „Du bist es. Normalerweise kommt niemand hier rein.“ Er warf einen Blick auf ihre Hände. „Ah, meine kleine Meerjungfrau.“

Arielle blinzelte verblüfft. Als sie seinem Blick folgte, wurde ihr klar, dass er die Figur meinte. Sie machte eine abwehrende Bewegung mit den Händen, um ihm zu erklären, dass sie keine Diebin war. Dann lief sie schnell zum Regal und stellte die Figur zurück.

„Schon gut, schon gut“, sagte Erik beruhigend, und seine Mundwinkel verzogen sich zu einem kleinen Lächeln.

„Schau sie dir ruhig an. Sie ist wunderschön, nicht wahr?“ Er betrachtete die Figur verträumt.

Arielle wollte ihm antworten, brachte aber keinen Ton heraus.

Erik wandte seine Aufmerksamkeit wieder ihr zu. „Stimmt, du kannst ja nicht …“ Er griff sich vielsagend an die Kehle.

Arielle senkte den Blick. Nicht sprechen zu können war viel frustrierender, als sie gedacht hätte.

„Das ist eigentlich nicht schlimm“, fuhr Erik fort. „Die meisten Leute machen zu viele Worte und haben doch nichts zu sagen.“ Er ging zum Regal und nahm die Jadefigur heraus. „Weißt du, diese alten Geschichten von Meerjungfrauen, die Seemänner in den Tod locken, habe ich nie geglaubt.“

Das hörte Arielle gern. Er glaubte also auch nicht an Gruselmärchen über andere Welten. Lächelnd sah sie auf die Figur hinunter.

Erik hielt sie ihr hin. „Sie gefällt dir, hier, nimm sie.“

Arielle schüttelte abwehrend den Kopf.

„Doch, ich möchte, dass du sie bekommst.“ Erik drückte ihr die Meerjungfrau in die Hand. Sie war noch warm von seiner Berührung. „Ich habe sowieso nicht mehr genug Platz.“ Er hob eine Messingkugel vom Boden auf und legte sie in das Regal. „Fast alle diese Dinge habe ich von meinen Reisen mitgebracht. Es kommt dir wahrscheinlich dumm vor, dass ich dieses ganze Zeug sammle …“

Arielle fand das überhaupt nicht dumm.

Erik entdeckte etwas anderes und zeigte es ihr. „Sieh dir nur diese Versteinerung aus dem Meer an. Hättest du gedacht, dass dort unten etwas so Außergewöhnliches existiert?“

Als Arielles den Klumpen betrachtete, der wie ein Stein aussah, erinnerte sie sich auf einmal an etwas. Sie nahm ihn Erik aus der Hand und schmetterte ihn auf den Boden.

„Nein, nicht!“, rief Erik.

Der Klumpen brach entzwei, und ein glänzender Bernstein kam zum Vorschein. Arielle hob ihn auf und überreichte ihn Erik. Er betrachtete den Bernstein gebannt.

„Woher wusstest du, dass er da drin ist? Das ist unglaublich.“ Er schaute auf, und ihre Blicke trafen sich. In Arielles Bauch begann es zu flattern, und das war kein unangenehmes Gefühl. War eine lange Zeit vergangen oder nur eine Sekunde, als sie den Blick schließlich abwandte? Sie ging zu einem Tisch, auf dem große Muscheln und Schneckenhäuser lagen, und nahm ein Muschelhorn in die Hand.

„Nichts Besonderes, die habe ich hier auf der Insel am Strand gefunden“, sagte Erik.

In dem Horn hatte sich Sebastian versteckt. Er grinste Arielle an, als wollte er *Hast du mich gefunden* sagen. Sie zog ihn heraus und versteckte ihn schnell zwischen den anderen Muscheln, bevor Erik ihn entdeckte. Dann hob sie das Muschelhorn an den Mund und blies hinein. Ein lauter Schall tönte aufs Meer hinaus.

„Ich wusste gar nicht, dass man darauf trompeten kann“, sagte Erik und lächelte.

Arielle freute sich, dass er die Dinge aus ihrer Welt so faszinierend fand. Sie streckte ihm das Horn entgegen.

„Ich?“ Er zögerte, doch sie machte ihm mit Zeichen

deutlich, dass er es versuchen sollte. „Okay, echt? … Also, wie …“ Arielle beugte sich vor, schürzte die Lippen und blies. Erik beobachtete sie genau und versuchte es dann selbst. Er brachte ein eindrucksvolles Trompeten zustande. Er lachte überrascht und glücklich. Arielle lachte stumm mit ihm. *Was für ein perfekter Augenblick!*

* * *

Erik staunte, wie seltsam es sich anfühlte, so unbekümmert zu lachen. Das hatte er schon lange nicht mehr getan. Er wollte den Moment auskosten, deshalb erkundete er mit dem Mädchen weiter die Bibliothek. Endlich hatte er jemanden gefunden, der sich genauso für seine Sammlung begeistern konnte wie er selbst. Das Sonnenlicht wich dem Mondlicht, und die beiden waren immer noch beschäftigt. Sie beugten sich über einen Tisch, auf dem Landkarten ausgebreitet waren. Das Mädchen zeigte aufgeregt auf verschiedene Landmassen, und er erklärte ihr, um welche Länder und Königreiche es sich handelte. Nach einer Weile deutete sie auf eine Fläche, auf der kaum etwas eingezeichnet war.

„Oh, das sind unbekannte Gewässer. Wäre es nicht fantastisch, einen Ort zu entdecken, den noch niemand zuvor gesehen hat?“ Er schaute auf und sah ein Funkeln in ihren Augen. Ihr ging es also genauso, sie spürte die Magie des Unbekannten auch.

Das Mädchen entrollte eine neue Karte und breitete sie verkehrt herum aus. Erik drehte sie um. „Das ist unsere Insel, und in diesem Schloss da sind wir jetzt.“ Er zeigte auf das Dorf, das neben dem Schloss eingezeichnet war. „Und das ist unser größtes Dorf. Früher war sein Hafen der wichtigste in der ganzen Region … Ich hoffe, er wird es eines Tages wieder sein.“ Er fuhr mit dem Finger an eine andere Stelle. „Und hier ist eine wunderschöne Lagune mit einem kleinen Wasserfall, und dahinter ist überall Regenwald.“

Er sah sie an und merkte, dass er nervös war, er wusste nicht, warum. „Ich könnte dich herumführen, wenn du magst.“

In den Augen des Mädchens tanzte ein fröhliches Funkeln.

Erik lächelte erleichtert. „Alles klar. Dann machen wir das morgen."

Auf einmal stand Sir Grimsby auf der Türschwelle. „Aber, Sire …"

„Oh, Grimsby – sehr gut! Wir brauchen morgen früh ein Pferd und eine Kutsche."

„Dürfte ich Euch unter vier Augen sprechen, Sire?"

„Aber natürlich."

Bei der Tür, außerhalb Arielles Hörweite, sagte Grimsby leise: „Wir wollten doch morgen früh alle Kutschen aussenden, um nach dem Mädchen zu suchen."

„Dem Mädchen? Welchem … Oh, daran habe ich gar nicht mehr gedacht … Ja, natürlich. Das sollten wir unbedingt tun."

Grimsby sah Erik mit einem merkwürdigen Blick an. „Und ich muss dich daran erinnern, Erik, dass deine Mutter gesagt hat, du sollst das Schloss erst verlassen, wenn es dir wirklich besser geht."

„Mir geht es gut, Grimsby. Mir geht es besser denn je!"

„Ja … das sehe ich." Grimsby schaute von Erik zu der jungen Dame, die den Prinzen so unverhofft in ihren Bann gezogen hatte. „Nun, auf *eine* Kutsche können wir wohl verzichten, Sire."

Erik ignorierte die Andeutungen. Das würde morgen einfach ein völlig argloses Abenteuer werden. Das Mädchen hatte viel durchgemacht, er hatte viel durchgemacht, da hatten sie etwas Abwechslung verdient. Natürlich wollte er immer noch das andere Mädchen, seine Retterin, finden! Aber konnte er nicht trotzdem etwas mit seiner neuen Freundin unternehmen?

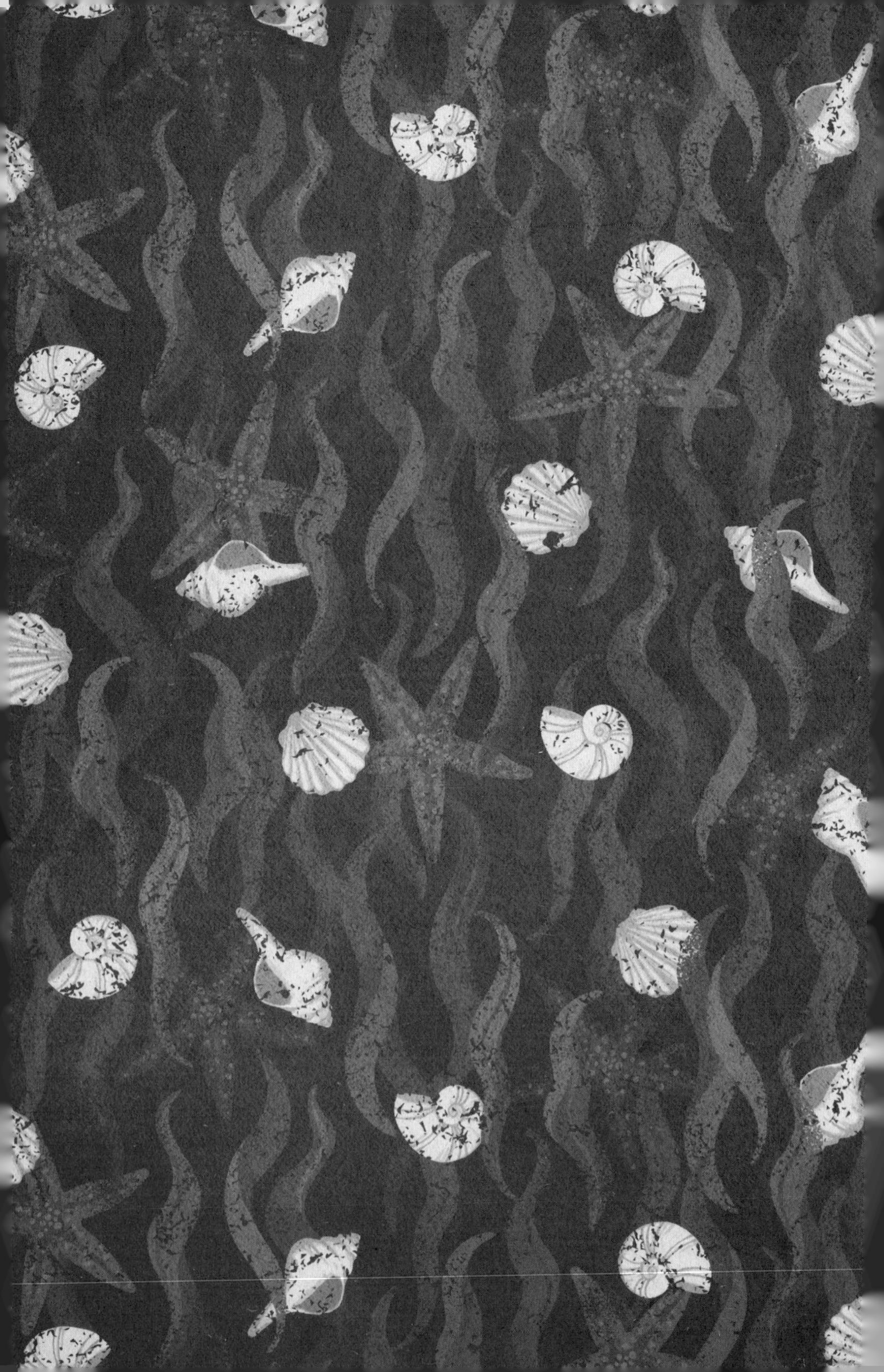

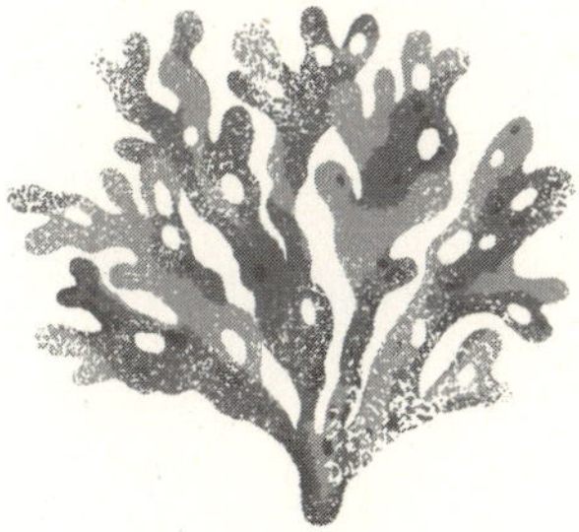

Kapitel Dreizehn

König Triton sah seine Töchter mit zusammengekniffenen Augen an. Perla, Karina und Mala waren ungewöhnlich zappelig. Er hatte die drei losgeschickt, um nach Arielle zu schauen.

„Also“, sagte er, „wo ist sie?“

Seine Töchter schwiegen. Ihre Blicke wanderten unruhig von ihm zueinander, auf den Meeresboden und wieder zu ihm. Da wusste er, dass etwas nicht stimmte.

„Wir wissen es nicht, Vater", sagte Karina endlich.

„Sie ist verschwunden", sagte Perla.

„Was soll das heißen, sie ist verschwunden?", fragte Triton.

„Wir haben stundenlang nach ihr gesucht und nirgends auch nur eine Spur von ihr gefunden. In diesem Meer ist sie nicht."

„Dann sucht noch mal!" Triton ballte seine Hände zu Fäusten. Eine Meerjungfrau konnte nicht einfach *verschwinden*. Sie musste irgendwo sein. „Wenn es sein muss, sucht alle sieben Meere ab!"

Karina lehnte sich zu ihren Schwestern und flüsterte: „Arielle würde doch nicht nach oben schwimmen, oder?" Aber so leise sie auch flüsterte, Triton hörte es doch und wurde stockstarr.

„Denk nicht mal daran", flüsterte Perla und schüttelte den Kopf.

„Aber warum", wisperte Mala, „warum ist sie denn verschwunden?"

Perla machte ein unglückliches Gesicht. „Ich … ich weiß es nicht."

Triton dachte an seinen Streit mit Arielle zurück – und wie unglücklich sie fortgeschwommen war.

Er räusperte sich. „Das Warum spielt jetzt keine Rolle. *Findet sie einfach!*"

Nachdem seine Töchter fort waren, schwamm Triton unruhig durch den Thronsaal. Er war wütend, er hatte ein schlechtes Gewissen, und vielleicht hatte er sogar Angst.

Er wischte sich mit der Hand übers Gesicht. Er war auf einmal so müde. Jahrelang hatte er gewarnt und verboten, und jetzt waren seine schlimmsten Ängste doch wahr geworden. Hatte er versagt? Wieder sah er Arielles trauriges Gesicht vor sich. Er hätte seine Wut bezähmen sollen. War alles seine Schuld? Er hatte sich schon viel zu früh von seiner Frau verabschieden müssen. Sollte er etwa jetzt auch von seinem kleinen Mädchen Abschied nehmen müssen?

Nein, er würde sie finden! Und nach Hause bringen.

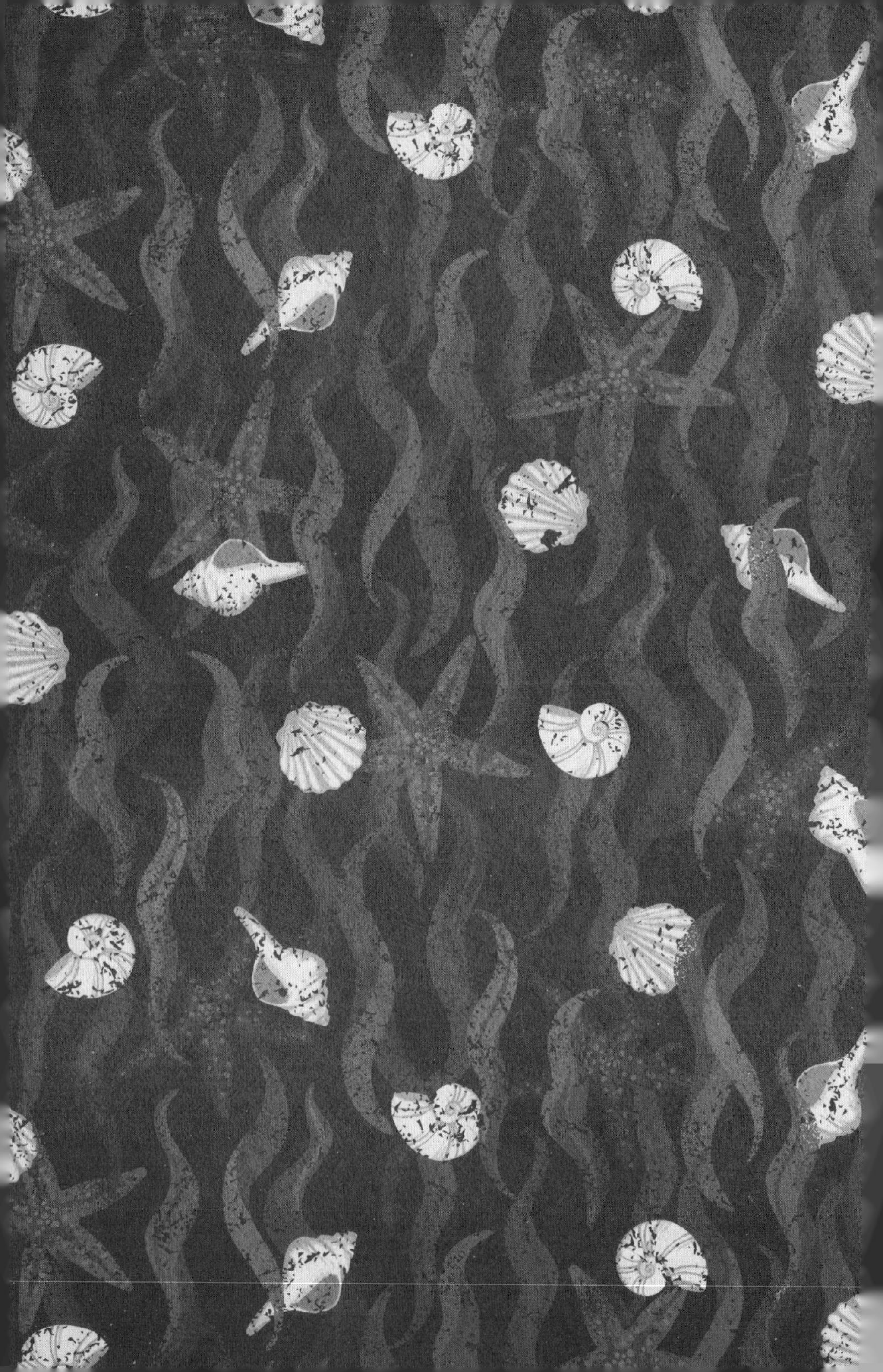

Kapitel Vierzehn

Erik war am nächsten Morgen so aufgeregt wie schon lange nicht mehr. Und seine Aufregung wuchs noch, als er vors Schloss trat. Sir Grimsby half dem Mädchen gerade in die wartende Kutsche. Sie hatte Erik noch nicht bemerkt, doch sie strahlte schon erwartungsvoll. Ihr Lächeln war so ansteckend, dass sich auch seine Mundwinkel hoben.

Erik war schon eine ganze Weile nicht mehr durch sein

Reich gereist, und dieser Ausflug erinnerte ihn daran, dass es manchmal gut war, das Vertraute mit anderen Augen zu sehen.

Max kam fröhlich bellend die Schlosstreppe herunter und lief zur Kutsche. Er sprang auf eine Kiste, um das Mädchen zu begrüßen. Sie schien sich zu freuen und zog ihn in ihre Arme. Max leckte ihr übers Gesicht, sie lachte stumm.

Erik wurde es ganz warm in der Brust. Was war das nur für ein Gefühl? Er packte Max und setzte ihn wieder auf den Boden. „Schon gut, schon gut," sagte er und tätschelte den Hund. Lächelnd drehte er sich zu dem Mädchen um. „Es scheint, als hättest du einen neuen Freund." Er verabschiedete sich von Max, kletterte auf den Kutschbock, nahm die Zügel und fragte: „Kann's losgehen?"

* * *

Sebastian hatte hinter der Küchentür hervorgelugt, als Arielle zur Kutsche gegangen war. „O nein. Du fährst nicht ohne mich. Mir bleiben nur noch zwei Tage. Ich bin ein Krebs mit einer Mission!“

Er schlich sich von einer Deckung zur anderen zur Kutsche – und hatte sie fast erreicht, als der zottelige Köter des Prinzen ihn entdeckte. Max sprang bellend auf ihn zu.

Sebastian erstarrte vor Angst. „Oooo nein, nein, nein, neeeiin! Runter von mir, du Ungeheuer!“

Er sah, wie die Kutsche anfuhr, und flitzte los. Max hätte ihn fast noch erwischt, doch Sebastian machte einen Satz und klammerte sich an einem Rad fest. Er drehte sich ein paarmal mit wie in einem Meeresstrudel und wurde dann auf den Rücksitz der Kutsche geschleudert. Weder Arielle noch Erik merkten etwas.

„Ja!“ Er grinste. „Ich hab's immer noch drauf!“

✲ ✲ ✲

Sir Grimsby schloss das hintere Schlosstor. Laschana trat zu ihm und sah mit zusammengekniffenen Augen der Kutsche nach.

„Wer fährt da mit dem Prinzen aus?“ Nun machte sie große Augen. „Ist das etwa das Mädchen aus dem Meer?“

Grimsby nickte, blickte aber starr geradeaus. „Ja, das ist sie.“

Die Hausdame runzelte die Stirn. „Hat Königin Selina dem Prinzen nicht gesagt, er solle im Schloss bleiben?“

„Doch, das hat sie.“

Laschana hob eine Augenbraue. „Wirst du wegen der Kutsche keinen Ärger bekommen?“

Grimsbys Mundwinkel zuckten. Er sah sie unschuldig an. „Welche Kutsche?“ Damit machte er auf dem Absatz kehrt und ging zum Schloss zurück.

Laschana hatte sein breites Grinsen trotzdem gesehen. Sie lächelte. *Oh, wie wunderbar!*

* * *

Erik und Arielle fuhren über die Insel. Arielle fragte sich, wie sich die Kutsche vorwärtsbewegte. Erik schien sie mit den Leinen, die er in den Händen hielt, zu kontrollieren.

Er merkte, dass sie ihn beobachtete, und hielt ihr die Leinen hin. „Möchtest du es auch mal versu…“

Arielle riss ihm die Leinen aus den Händen, bevor er zu Ende sprechen konnte. Sie ließ sie kräftig schnalzen, so wie sie es bei ihm gesehen hatte. Die Kutsche wurde unglaublich schnell. Arielles Herz raste.

„Vorsicht! Vorsicht!“, rief Erik. Arielle schaffte es, die Kutsche an ein paar Karren vorbeizulenken.

„Entschuldigung!“, rief Erik über die Schulter. Ein Fuhrmann und sein Esel sahen ihm unbeeindruckt nach. „Das war knapp“, sagte er und drehte sich wieder nach vorn. *„Pass auf* … die Abzweigung!“ Arielle lenkte die Kutsche gerade noch so, dass sie den Obststand am Straßenrand nicht umriss. Durch dieses Manöver gerieten sie auf felsiges Gelände am Rand der Klippen. Die Kutsche holperte und ruckelte, doch Arielle behielt sie unter Kontrolle. *Was für ein herrlich aufregendes Abenteuer!* Sie schielte zu Erik hinüber. Auf seinem Gesicht lag ein benommener, aber auch bewundernder Ausdruck.

Eine Ziegenherde blockierte die Straße vor ihnen. Arielle

brachte die Kutsche mit quietschenden Rädern zum Stehen. Ihr ganzer Körper kribbelte vor Aufregung. *Was für ein Spaß!* Wer hätte gedacht, dass sie einmal *fahren* würde? Langsam nahm sie ihre Umgebung wieder wahr. Die Tiere hatten Hörner und Schlappohren und standen meckernd auf der Straße herum, sie schienen keine Lust zu haben, sich weiterzubewegen.

Arielle sah Erik an. Er kam gerade wieder zu Atem und fuhr sich mit der Hand durchs Haar.

„Das ... hat Spaß gemacht!" Er sprang von der Kutsche und half dem Ziegenhirten, seine Tiere zur Seite zu treiben.

Arielle bemerkte erst jetzt den lauten Dorfmarkt ganz in der Nähe. Dort ging es noch geschäftiger zu als im Schloss. Das wollte sie von Nahem sehen. Ihre Füße trugen sie mit erstaunlicher Geschwindigkeit hin.

Menschen aller Hautfarben mit Kleidern in allen Farben standen lebhaft plaudernd auf den Straßen oder liefen zwischen den herrlich duftenden, bunten Ständen herum. Arielle wusste nicht, wo sie zuerst hinschauen sollte.

Neben ihr hackte ein Mann ein merkwürdig haariges,

ovales Ding mit einem großen Messer auf. Er hielt ihr ein Stück hin. „Frische Kokosnuss!“

Arielle blinzelte überrascht. *Scuttle hatte recht! Sie hassen Kokosnüsse.* Sie machte einen Bogen um den Kokosnusskiller. Etwas weiter vorn holte ein Mann einen Fisch aus einem Wasserfass und warf ihn auf ein Brett. Der arme Fisch zuckte und wand sich. Als der Mann ihr den Rücken zukehrte, stupste Arielle das Tier ins Wasser zurück.

Staunend ging sie weiter. Ein Mann zeigte auf seinen Stand, der mit glitzerndem Schmuck bedeckt war – „Etwas für die jungen Dame?“ –, eine Frau hielt ihr eine Schale mit wohlduftendem Inhalt unter die Nase: „Junge Dame, möchten Sie mal probieren?“

Arielle nahm die Schale mit einem breiten Grinsen entgegen und drehte sich zum Gehen um. Die Frau rief: „He, hallo – ich glaub, Sie brauchen das hier!“, und gab ihr einen *Dingelhopper!*

Damit kannte sich Arielle aus! Sie setzte die Schale ab, wickelte ihr Haar um den Dingelhopper und begann, ihn zu drehen. Sie hielt inne, als sie merkte, dass die Frau sie mit offenem Mund anstarrte. Auch andere Menschen starrten sie verständnislos an. Offenbar hatte sie etwas falsch gemacht. Nur was? Mit brennenden Wangen legte sie den Dingelhopper auf den Markttisch und verschwand in der Menge.

* * *

Erik hatte das Mädchen aus den Augen verloren. Er machte sich ein bisschen Sorgen, weil er sich für sie verantwortlich fühlte, vor allem aber war er amüsiert, weil der Markt sie so begeisterte. Anscheinend wollte sie alles Neue gründlich erkunden.

Schließlich entdeckte er sie in einem Meer von Hüten. Der Verkäufer zeigte ihr gerade einen Strohhut. „Ein Hut für die Dame?“

Erik ging zu ihr. „Hier bist du.“

Ihre Augen funkelten, als sie ihn sah. Lächelnd nahm sie dem Verkäufer den Hut aus der Hand und stülpte ihn Erik auf den Kopf.

„Nein, nein!“, sagte der Verkäufer und zog den Hut herunter. „Versuchen Sie es mal mit diesem.“ Als er sich nach einem anderen bückte, zog Arielle *ihm* den Hut vom Kopf und setzte ihn Erik auf. Der Verkäufer schaute verblüfft und nickte dann anerkennend. Erik lachte leise und bezahlte. Als er sich umdrehte, war das Mädchen schon wieder verschwunden.

Er fand sie vor einem Blumenstand. Einen Moment lang beobachtete er, mit welch unbändigem Entzücken sie die verschiedenen Blüten betrachtete. Er hat noch nie jemanden getroffen, der auf die kleinsten Dinge mit solcher Begeisterung reagierte. Es war erfrischend! Die Verkäuferin reichte ihr eine Blume, und Erik dachte, dass sie wunderbar in ihr Haar passen würde. Er wurde schlagartig rot.

Das Mädchen biss in die Blume und schlenderte weiter. *Moment, hat sie …* Erik starrte entgeistert auf den Fleck, auf dem sie gerade noch gestanden hatte, dann musste er lachen. *Dieses Mädchen ist wirklich sonderbar, aber auf eine angenehme Art,* dachte er.

Er musste rennen, um sie wieder einzuholen. Sie bewunderte gerade Bahnen bunter Stoffe, doch dann gingen zwei Frauen in neuen Sandalen an ihr vorbei, und sie hatte nur noch Augen für die Füße der Frauen. Erik nahm sie bei der Hand und führte sie zu einem Stand, an dem Sandalen verkauft wurden. Auf dem Weg dorthin bemühte er sich, nicht an ihre Finger zu denken, die mit seinen verflochten waren. Als sie mit Hilfe der Verkäuferin passende Sandalen gefunden hatte, hüpfte sie vor Freude.

Erik konnte der Frau gerade noch eine Münze zuwerfen, da wurde er schon weitergezogen. Das Mädchen führte ihn in die Mitte des Dorfs, wo Musikanten mitreißende Volkslieder spielten. Viele Menschen tanzten, und Erik freute sich, dass seine Untertanen so fröhlich waren.

Das Mädchen schaute eine Weile nur zu, aber dann zerrte sie Erik ohne Vorwarnung in die Mitte der Tanzenden. Eriks erster Impuls war, „Nein, danke“ zu sagen. Er liebte Musik, war aber kein besonders guter Tänzer. Als er noch jünger gewesen war, hatte sich Grimsby manchmal über seine ungelenken Bewegungen lustig gemacht.

Aber als das Mädchen seine Hände nahm und begann,

sich zur Musik zu bewegen, konnte er nicht Nein sagen. Und dann machte es ihm großen Spaß. Das Mädchen tanzte nicht besonders elegant, dafür aber fröhlich und ausgelassen. Er drehte sie im Kreis. Sie stolperte, und mit einem Mal tanzten sie enger. Sie wiegten sich im Takt, und Erik dachte, dass er schon lange nicht mehr einen so schönen Tag erlebt hatte.

* * *

Unter einem Marktstand saß ein Krebs und beobachtete die beiden. *Perfekt,* dachte Sebastian. Ah, jetzt tanzten sie noch enger, und gleich, gleich würden sie sich küssen … Doch auf einmal fuhren sie verlegen auseinander. Sie tanzten weiter, hielten aber Abstand. Na, so würden sie den Bann der Meerhexe nicht brechen!

Sebastian seufzte bekümmert. Ganz in der Nähe landete ausgerechnet der Vogel, den er am wenigsten gebrauchen konnte, und stocherte zwischen den Abfällen herum. Dann bemerkte Scuttle ihn.

„Und – wie steht's mit der Küsserei?"

„Schlecht. Wenn es um die Liebe geht, sind die beiden langsamer als Schnecken." Arielle konnte froh sein, dass sie *ihn* hatte, dachte Sebastian. Denn er hatte schon einen Plan. „Hey – such Fabius. Wir müssen die Sache voranbringen, und zwar schnell!"

„Aye, aye", sagte Scuttle und flog davon.

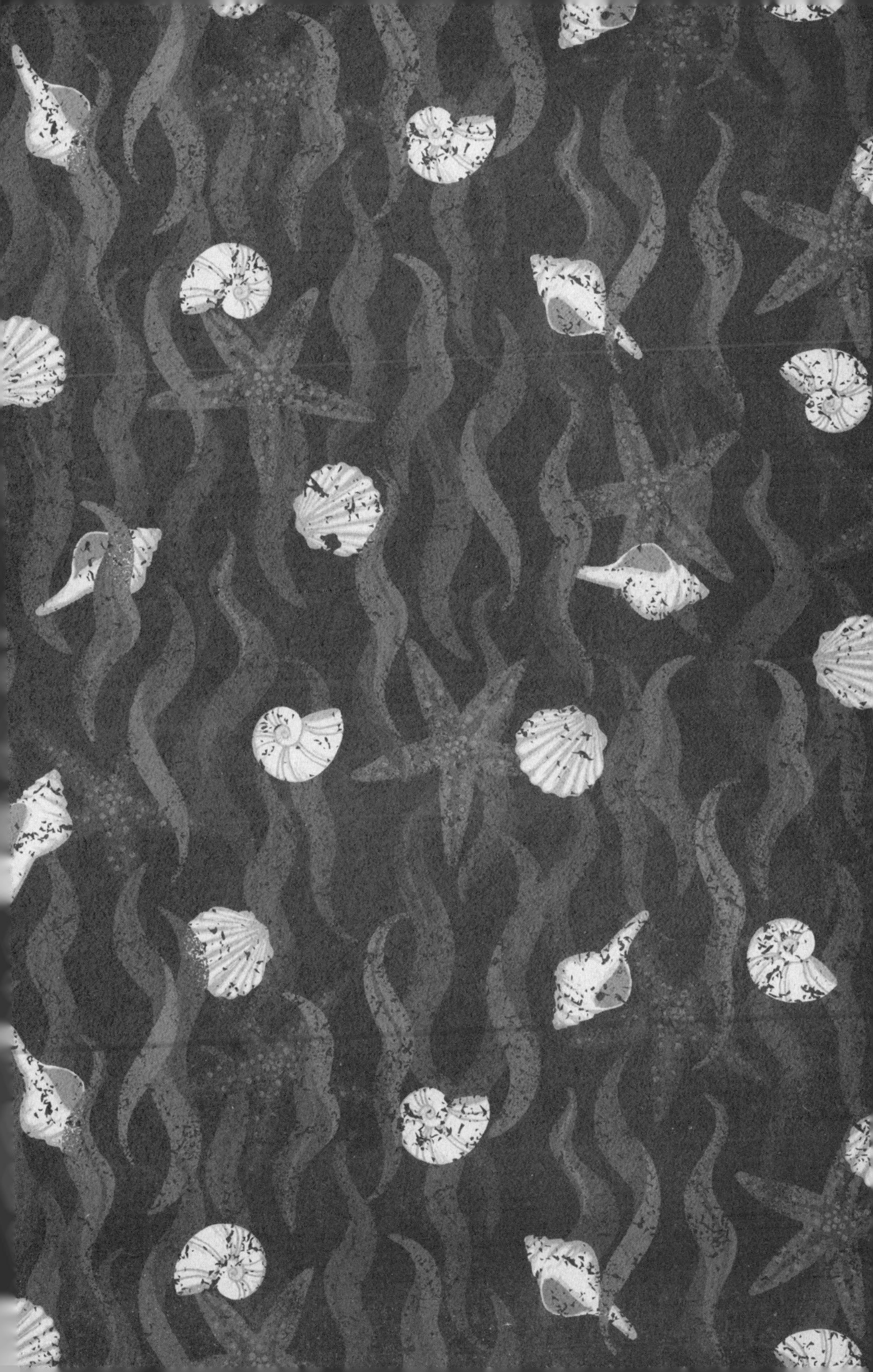

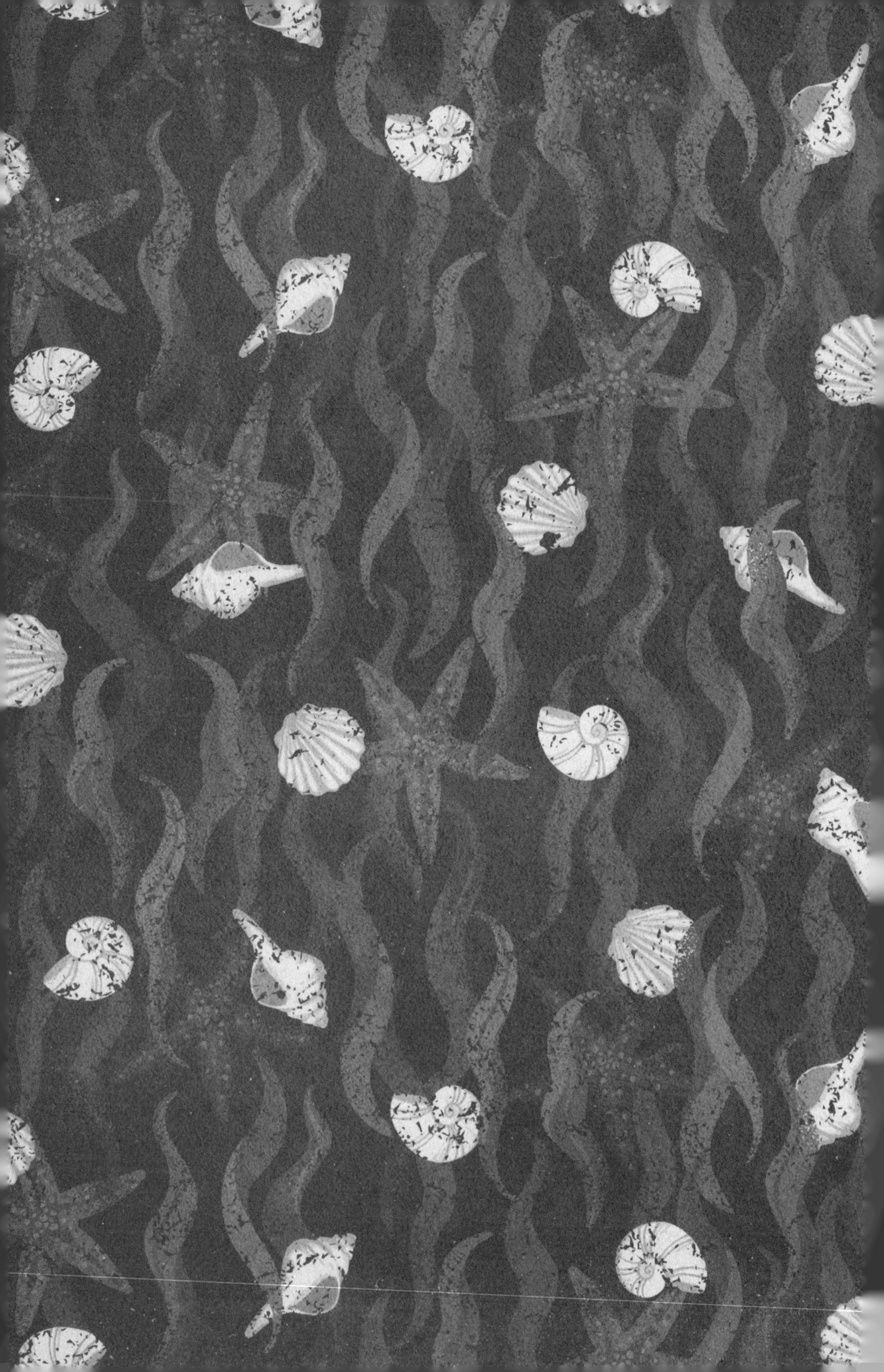

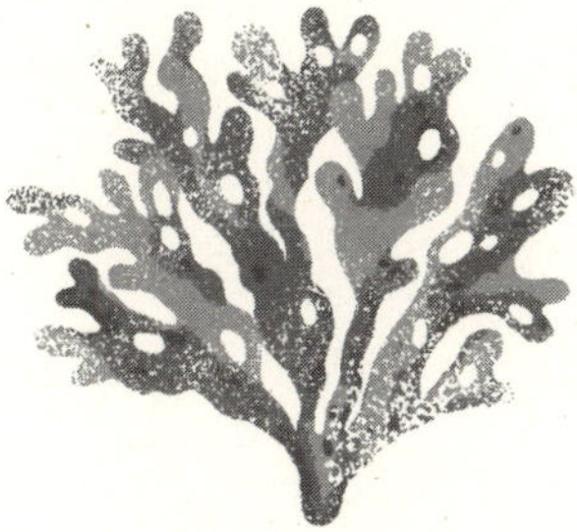

Kapitel Fünfzehn

Erik und Arielle saßen wieder in der Kutsche, diesmal hielt Erik die Zügel. Der Himmel färbte sich purpurn, als die Sonne unterging und die ersten Sterne erschienen.

„Ich liebe die Abendstunde“, sagte Erik. Dann war es so friedvoll. Kurz bevor die Dunkelheit die Welt umhüllte, war alles in Stille getaucht. Wenn die Gedanken in seinem Kopf durcheinanderwirbelten – was, um ehrlich zu sein, ziemlich oft geschah –, ging er nach draußen und beobachtete, wie der Mond langsam die Sonne ablöste. Die Kreaturen des Tages begaben sich zur Ruhe, und die Kreaturen der Nacht kamen zum Vorschein. Dann begann etwas Neues.

Kannte das Mädchen überhaupt die Tiere, die auf seiner Insel lebten? Er zeigte nach oben. „Manchmal sieht man die Augen einer Kreischeule in den Bäumen …"

Eine Möwe, die plötzlich herunterstieß und ihm seinen neuen Hut vom Kopf riss, unterbrach ihn. Der Vogel flog mit seiner Beute davon.

„Hey! Mein Hut!" Erik zügelte das Pferd. Das Mädchen sah ihn fragend an. „*Das* ist keine Kreischeule." Er sah dem Vogel nach. „Das ist ein *Dieb!* Komm zurück!" Er sprang von der Kutsche und rannte dem Vogel hinterher. Das Mädchen folgte ihm, und so schlugen sie sich gemeinsam durch das dichte Unterholz am Rand einer kleinen tropischen Lagune. Erik nahm das Mädchen bei der Hand und führte es zwischen verschlungenen Ästen und Ranken hindurch.

„Hier lang, hier. Alles gut bei dir? Pass auf." Erik ließ die Möwe nicht aus den Augen. Der Vogel schaute sich regelmäßig um, so als wollte er sicher sein, dass sie ihm immer noch folgten. *Merkwürdig* … „Hey! Gib mir meinen Hut zurück!"

Der Vogel ließ den Hut tatsächlich in eines der Ruderboote fallen, die am Strand lagen. Dann flog er davon, als sei nichts geschehen.

Erik schnaubte belustigt. „Na also." Er lief mit dem Mädchen zum Boot, kletterte hinein und setzte sich den Hut wieder auf. „Den wollte ich auf keinen Fall verlieren", sagte er und lächelte triumphierend.

Wenn er es sich recht überlegte, hatte er heute ziemlich oft gelächelt. Und er wollte nicht, dass dieser Tag schon zu Ende ging. Er sah auf das Boot. Er sah das Mädchen an. Sie waren in einer der schönsten Lagunen der Insel, das musste man dem diebischen Vogel lassen. Und hier lag ein tadelloses Ruderboot. *Es wäre doch eine Schande, es nicht zu benutzen*, dachte Erik. Das Glitzern in den Augen des Mädchens sagte ihm, dass es dasselbe dachte.

* * *

Scuttle, Sebastian und Fabius beobachteten die beiden aus einiger Entfernung.

„Beweg mal deine fetten Federn“, schimpfte Sebastian und boxte auf Scuttles Flügel ein. „Ich kann nichts sehen!“

„Sie sind im Boot“, verkündete die Möwe.

Fabius seufzte. „Aber es passiert nichts.“ Arielle und Erik lächelten sich nur schüchtern an.

Sebastian stöhnte und klapperte mit den Scheren. „Uns läuft die Zeit davon, und keiner von beiden hat auch nur die Lippen gespitzt.“

Zum Glück hielt sich Scuttle für eine Expertin in Sachen Liebe. „Ich glaube, es ist Zeit für ein kleines romantisches Ständchen.“ Sie flog auf einen tiefhängenden Ast, räusperte sich und legte los: *„Gra gra gra gra graaa, gra gra gra graa gra.“*

„Es reicht, es reicht!“, unterbrach Sebastian ihr Kreischen. „Arielle darf nicht wissen, dass wir hier sind. Wenn sie uns sieht oder hört, macht sie uns zu Plattfischen. Nee, Freunde, wir müssen gerissen vorgehen … Wir müssen uns den Prinzen vornehmen – mit der Macht der *Suggestion.*“

Sebastian sprang, gefolgt von Scuttle, ins Wasser, und die drei schwammen unauffällig in Richtung Boot. Hinter einem Bambusgürtel versteckten sie sich.

„So, jetzt müssen wir nur noch die richtige Stimmung erzeugen“, sagte Sebastian.

„Gut“, sagte Fabius. „Und wie machen wir das?“

„Wir müssen mit den Geräuschen der Natur verschmelzen, damit sie uns nicht heraushört.“ Sebastian begann rhythmisch auf den Bambushalmen zu spielen. „Percussion.“

Geniale Idee, dachte Scuttle. Sebastian verstand offensichtlich auch etwas von der Sprache der Liebe. Deshalb waren sie auch so ein tolles Team. Scuttle flog auf ein Blatt und bog es herunter – ein Dutzend zirpender Grillen kam zum Vorschein. „Streicher“, sagte sie.

Fabius sprang aus dem Wasser und scheuchte einen Vogelschwarm auf, der beim Fortfliegen die Bambushalme rascheln ließ. „Winde.“

Als das Ruderboot am Bambusgürtel vorbeiglitt, sprang Sebastian hinter Erik auf. Arielle konnte ihn nicht sehen. „Worte", ergänzte er. Denn was war mächtiger als ein Liebeslied, wenn zwei sich verlieben sollten?

* * *

Die Nacht breitete ihre kühlen Arme aus, als Erik das Boot zwischen Schlingpflanzen hinurchmanövrierte. Arielle streckte eine Hand aus und berührte die Ruder. Sie staunte, wie diese beiden seltsam geformten Stöcke das Boot vorantrieben.

„Möchtest du auch mal?", frage Erik.

Arielle nickte lächelnd. Sie fand es wunderbar, dass Erik sie Dinge ausprobieren ließ, die sie noch nie getan hatte. Er wusste sofort, ob etwas sie interessierte.

Er zog sie neben sich, und dann ruderten sie gemeinsam.

Die Nacht ist so wunderschön, dachte Arielle. Am Himmel glitzerten mehr Sterne, als man zählen konnte. Sie waren so unglaublich hell. Es schien fast so, als lächelten sie zu ihr herunter.

Auch Erik lächelte und sah zu den Sternen auf. „Was für eine klare Nacht. Man kann den Orion sehen."

Arielle legte fragend den Kopf schief. *Wer war Orion?*

„Das ist ein Sternbild", antwortete Erik, ohne dass sie die Frage ausgesprochen hatte. „Die Seeleute nutzen es zur Navigation." Er ließ das Ruder los und lehnte sich zurück. Mit dem Finger zeichnete er die Umrisse der Sternbilder am Himmel nach. „Das ist Orion, der Jäger. Das ist Aries, der Widder. Da ist Cassiopeia …" Er schüttelte verwundert den Kopf. „Seltsam, wie *du* heißt, weiß ich immer noch nicht. Lass mich raten … hm … Diana?"

Arielle schüttelte den Kopf.

„Katharina?"

Wieder schüttelte Arielle den Kopf.

„Hm, nein, definitiv keine Katharina."

Ohne Hilfe würde er nicht auf ihren Namen kommen. Arielle dachte kurz nach und deutete dann auf ein Sternbild, das er ihr eben gezeigt hatte.

Erik zog die Augenbrauen zusammen. „Himmel? Äh …“

Sie drehte seinen Kopf in die richtige Richtung und zeichnete in der Luft den Umriss des Widders nach.

„Aries?“

Schon mal nicht schlecht. Sie forderte ihn mit einer Geste auf, das Wort zu wiederholen. Er tat es, doch bevor er das „s“ aussprechen konnte, legte sie ihm die Hand auf den Mund.

„Ari? … Ari-e?“ Sie fuhr mit dem Finger über seine Lippen, als er es weiter versuchte. „Ari-e? Ari-elle?

Bravo! Sie nickte begeistert.

Erik lächelte sie an. „Arielle. Ein schöner Name. Steht in den Sternen geschrieben.“

Sie sahen sich in die Augen. Arielle kam es so vor, als wäre der Augenblick nur für sie beide gemacht. Die Geräusche der Natur umfingen sie wie mit einer Melodie. Je länger sie Erik anschaute, desto weiter neigte sich ihr Körper ihm entgegen, magnetisch angezogen … Beugte Erik sich zu ihr? Ihr Herz schlug schneller, ihre Augenlider schlossen sich flatternd, sie …

Platsch!

Reingefallen, im wahrsten Sinne des Wortes. Das Boot war gekentert, und sie waren im Wasser gelandet. Trotzdem hörte Erik nicht auf zu lächeln. „Tja, jetzt kannst du wohl erzählen, du hättest die Lagune wirklich sehr gründlich erkundet."

Arielle schlug sich die Hand vor den Mund und kicherte lautlos. Ein paar Sekunden lang grinsten sich die beiden nur an, dann nahm Erik ihre Hand.

„Komm, gehen wir an Land, bevor wir uns hier zu Tode frieren."

Sie ließen das gekenterte Boot treiben und wateten an Land. Ihr Ausflug war ziemlich abrupt zu Ende gegangen, doch Arielle fand, dass es ein guter Tag gewesen war. Auf dem Weg zur Kutsche musste sie immer wieder auf ihre verschlungenen Hände hinuntersehen. Wie gut ihre Hand in Eriks passte! *Nein*, dachte sie, *wirklich kein schlechter Tag*.

Kapitel Sechzehn

Nicht nur Sebastian, Scuttle und Fabius beobachteten Arielle und Erik. Tief unten im Meer sah Ursula die Lagune in ihrer schwarzen Perle und schäumte vor Wut. Diese kleine Meerjungfrau hätte beinahe alles ruiniert. Sie schlug mit einem langen Arm auf die Perle, die daraufhin durch die Höhle flog und mit einem lauten Kracksen aufschlug.

„Ich versteh's nicht. Ich hätte nicht gedacht, dass dieser

kleine Barracuda ohne ihre Stimme auch nur die geringste Chance hat, den Kerl zu betören. Wie ist das möglich?" Außerdem hatte Ursula Arielle ja noch mit einem Vergessenszauber belegt. War sie etwa nicht gründlich genug gewesen?

„Nun, wir werden jedenfalls nicht zulassen, dass es noch einmal so weit kommt." Glücklicherweise hatten ihre Muränen Abschaum und Meerschaum schnell reagiert und das Boot zum Kentern gebracht, bevor Arielle und ihr Prinz sich küssen konnten. Aber Ursula musste sich etwas überlegen.

Sie schwamm zu ihren Schränken und suchte hektisch nach einem bestimmten Zaubertrank. „Es wird Zeit, dass Ursula die Sache in die eigenen Fangarme nimmt." Sie schob und warf die Fläschchen durcheinander. „Wo ist er? Er muss hier irgendwo sein!" Das durfte ja wohl nicht wahr sein – sie hatte den perfekten Plan und fand den passenden Zaubertrank nicht? „Nein, nein, nein!"

Die Meerhexe riss den nächsten Schrank auf. „Keiner stellt meine Sachen ordentlich zurück! Wo ist er?" Sie nahm alles Mögliche heraus und warf es beiseite. Das war alles nutzlos.

„Nein, nein, neeeiiiin!"

Sie wollte sich schon die Haare ausreißen, als der gesuchte Trank vor ihr durchs Wasser schwebte. Sie griff danach.

„Ah, da bist du. Hab ich dich." Das unheilvolle Grinsen kehrte wieder in ihr Gesicht zurück. „Das Prinzlein wird keine Ahnung haben, was ihn da umhaut … Nur noch ein Sonnenuntergang. Und dann wird Triton sich winden und krümmen!" Sie tanzte beinahe vor Schadenfreude. Das würde die gerechte Strafe dafür sein, dass Triton sie verbannt hatte. Hatte er wirklich gedacht, er könnte ungeschoren davonkommen? *Ha, falsch gedacht!*

Ursula schüttete den Zaubertrank in ihren Kessel. „Er wird sich wie ein Wurm am Haken krümmen!" Sie stieß ein teuflisches Lachen aus, als der Trank glühend zu brodeln begann.

* * *

Erik und Arielle schlichen durch die Schlosshalle und hofften, dass niemand sie so klitschnass, wie sie waren, sah. Die Schuhe hatten sie ausgezogen. Erik grinste Arielle an, die seinen Hut auf dem Kopf trug, und flüsterte: „Sie schlafen alle. Wir sollten trotzdem leise …"

Da war plötzlich die Stimme seiner Mutter von irgendwoher zu hören: „… den ganzen Tag in seinem Zimmer? Ich habe ihn nicht ein Mal gesehen."

Da entdeckte er die Königin und Grimsby, die den Gang herunterkamen.

Seine Mutter hatte ihm – mehrmals, um genau zu sein – gesagt, er dürfte das Schloss nicht verlassen. Wenn sie ihn so triefend nass ertappte, wüsste sie sofort, dass er ihr nicht gehorcht hatte, und dann wäre sie nicht nur wütend, sondern auch verletzt. Schnell zog er Arielle in eine dunkle Nische.

Arielle sah ihn erstaunt an, spielte aber mit. Sie standen ganz nah beieinander und hielten den Atem an.

„Ich nehme an, dass er auf seinem Zimmer ist und sich ausruht", sagte Grimsby. Erik dankte dem Himmel, dass Grimsby so treu war und ihn nicht verriet.

„Geht er mir aus dem Weg?“, fragte die Königin.

„Nein, Majestät.“

„Nein?“

„Nein.“

Kurz war es still. Dann fragte seine Mutter noch einmal zweifelnd: „Nein?“

Grimsby gab ein ungeduldiges Schnauben von sich. „Nein!“

„Das klingt sehr überzeugt.“

„Euch aus dem Weg gehen? Das sähe Erik doch überhaupt nicht ähnlich, oder?“

Um ehrlich zu sein, sähe das Erik sehr ähnlich. Vor allem seit seine Mutter angefangen hatte, ihn ständig auf seine Pflichten als zukünftiger König hinzuweisen.

„Und wo ist er dann? Jagt er etwa diesem nicht existierenden Mädchen nach?“

Grimsby und die Königin kamen am Versteck von Erik und Arielle vorbei, und Erik sah, dass Grimsby die nassen Fußabdrücke bemerkt hatte. *Uuups.*

„Nein, Majestät. *Das* kann ich mit Gewissheit sagen.“

„Nun, man muss für alles dankbar sein“, sagte die Königin, trat in eine Pfütze und rutschte aus. Glücklicherweise fing Grimsby sie auf. „Ist das Dach undicht?“

Grimsby räusperte sich. „Vielleicht solltet Ihr Euch ausruhen.“

„Ja, vielleicht sollte ich das … Gute Nacht, Grimsby.“

„Gute Nacht, Majestät.“

Sie gingen weiter und ihre Stimmen verklangen.

„Tut mir leid“, flüsterte Erik. „Ich hätte das Schloss nicht verlassen dürfen, aber ich bin froh, dass ich es getan habe. All diese Regeln und Verbote …“ Auf einmal hatte er das Bedürfnis, Arielle sein Herz auszuschütten. Und er war merkwürdigerweise felsenfest davon überzeugt, dass sie ihn verstehen würde. „Die Wahrheit ist, dass ich zu all dem hier nicht geboren wurde, und ich fühle mich unbehaglich …“

„Wie schön, dass Ihr zurück seid, Sire“, sagte Grimsby, der urplötzlich vor ihnen stand.

„Oh, Grimsby“, seufzte Erik, als er den Schreck überwunden hatte, und führte Arielle aus der Nische.

„Ich hoffe, Ihr beide hattet einen angenehmen Ausflug."

Erik musste grinsen. „Und ob!" Er sah das Mädchen an. „Stimmt's?" Arielle nickte energisch. „Einen sehr angenehmen!"

Grimsby wandte sich Arielle zu. „Es war ein langer Tag für Sie, Fräulein. Wir sollten dafür sorgen, dass Sie etwas Schlaf bekommen." Er sah auf die Pfützen hinunter. „Und trockene Füße."

„Oh." Erik rieb sich über den Nacken und lachte nervös. „Wir sind mit dem Ruderboot raus in die Lagune gefahren und dann reingefallen."

Arielle strahlte, nickte den beiden zu und ging die Treppe zum Gästeflügel hinauf. Nach ein paar Schritten drehte sie um, kam noch einmal zurück, zog sich den Hut vom Kopf und setzte ihn Erik auf.

Er errötete und lächelte. „Danke … Arielle …"

Sie errötete auch und senkte den Blick. Es war ein schönes Gefühl, ihren Namen sagen zu können, fand Erik. Am liebsten hätte er ihn wieder und wieder ausgesprochen. *Arielle.*

Arielle winkte ihm noch einmal zu und lief dann endgültig die Treppe hinauf.

Erik sah ihr verträumt nach und vergaß Grimsby – bis sein Lehrer zu sprechen begann.

„Was die Kutschen anbelangt, Sire – ich fürchte, sie haben das geheimnisvolle Mädchen nicht gefunden."

„Sie haben wen ... oh."

„Darf ich fragen, Sire, ob wir die Suche fortsetzen sollen?"

„Grimsby ... ich ... ich bin ..."

„Etwas verwirrt?" Grimsbys Mundwinkel verzogen sich amüsiert. „Wenn Ihr den Rat eines alten Mannes hören wollt, *erlaubt* Euch dieses Gefühl. Nichts ist so betörend und verwirrend wie die Liebe."

Erik blinzelte. „Also ..."

„Also denkt nicht daran, wie es sein *sollte*. Denkt nur daran, wie es *ist*. Gute Nacht, Sire." Und damit verschwand Grimsby.

Erik war zu aufgewühlt, um schlafen zu gehen. Also ging er an den Strand, auf den das geheimnisvolle Mädchen ihn gezogen hatte. Er sah aufs Meer hinaus und wünschte sich, dass die Wellen ihm sagten, was er tun sollte. Die Liebe zum Meer war schon immer ein Teil seiner Geschichte, und die Unbekannte, die ihn gerettet hatte, gehörte irgendwie auch zu dieser Geschichte. Er wandte sich zum Schloss um. Arielle war erst vor zwei Tagen wie aus dem Nichts aufgetaucht, aber es kam ihm so vor, als würde er sie schon ewig kennen. … Vielleicht war es Zeit, ein neues Kapitel zu beginnen.

Erik lief zum Schloss zurück. Er wollte zu Arielle. Da hörte er auf einmal etwas … Er drehte sich zum Meer um.

Dichter Nebel rollte über das Wasser heran. Und mit ihm kam eine Stimme an Land, die ihm vertraut erschien … Sie sang die Melodie, die ihm seit Tagen nicht aus dem Kopf ging. Seine Füße trugen ihn wie von allein an den Rand der Klippen. Er hörte den verlockenden Gesang, doch er konnte niemanden sehen. Bildete er sich das nur ein? Da teilte sich der Nebel, und Erik schnappte überrascht nach Luft. Unter ihm, auf einem Felsen, saß jemand – ein Mädchen, doch ihr Gesicht konnte er nicht erkennen.

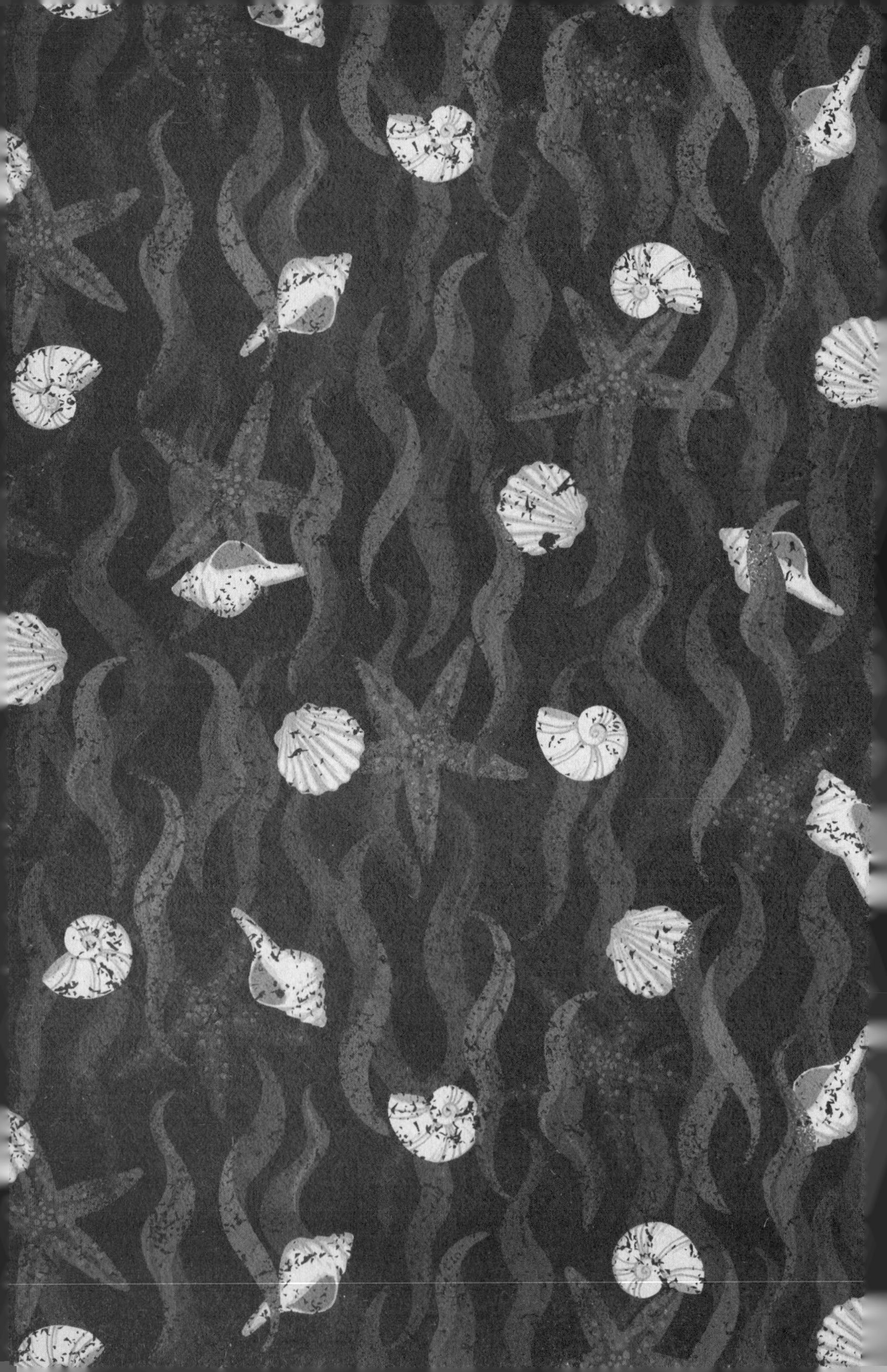

Kapitel Siebzehn

Am nächsten Morgen flog Scuttle in Arielles Gemach. Ihre Federn waren gesträubt, sie hatte auf dem Weg zum Schloss die tollsten Geschichten gehört. Sie schüttelte empört den Kopf, als sie sah, dass Arielle und Sebastian noch schliefen. *Wie konnten sie noch schlafen, wenn das ganze Schloss nur von einem sprach? Der Prinz wollte heiraten!*

Scuttle rüttelte die beiden wach und erzählte ihnen von

dieser außerordentlichen Neuigkeit. Arielle zog sich aufgeregt an und lief hinaus. Scuttle schmiegte sich an Sebastian und lächelte ihn an. Der Krebs verdrehte die Augen.

„Scuttle, geh mir von der Pelle!“

* * *

Arielle rannte die Treppe hinunter. Wollte Erik sie wirklich heiraten?

Als sie zum Speisezimmer lief, sah sie ihn draußen auf der Terrasse über dem Meer. Sie blieb wie angewurzelt stehen, als sie bemerkte, dass er nicht allein war. Er stellte der Königin gerade ein dunkelhaariges Mädchen vor. Er nannte es *Vanessa.* Arielle versteckte sich hinter einer Säule, um zu lauschen.

„Ich muss zugeben, dass ich mich geirrt habe“, sagte die Königin. „Du meine Güte, sind das nicht wunderbare Neuigkeiten, Grimsby? Du scheinst das Mädchen deiner Träume tatsächlich gefunden zu haben.“

Arielle wurde es ganz kalt ums Herz. *Das Mädchen sei-*

ner Träume? Sollte nicht sie das sein? Sie konnte sich nicht erinnern, dass Erik ihr von einem anderen Mädchen erzählt hatte.

„Hm, das ist wirklich eine Überraschung, Erik“, sagte Grimsby, klang aber nicht sonderlich glücklich.

„Was?“ Erik straffte verlegen die Schultern. „Oh, ja, ich weiß.“ Seine Stimme klang merkwürdig. „Ich weiß, das kommt sehr plötzlich. Aber ich verdanke ihr schließlich mein Leben.“

Arielle zog die Augenbrauen zusammen. *Er verdankte ihr sein Leben?*

„Das werden wir feiern“, sagte die Königin. „Heute Abend. Wir werden dem Hof deine zukünftige Frau vorstellen. Das kann man doch arrangieren, nicht wahr, Grimsby?“

Grimsby sah so verwirrt aus, wie Arielle sich fühlte. „Selbstverständlich. Wenn du es so wünschst, Erik ...“

Erik schien abgelenkt zu sein. „Was ich ... wünsche?“

Da erst begriff Arielle es wirklich. Erik wollte eine andere heiraten. Nicht sie. So schnell konnte Glück sich in

Schmerz verwandeln. Ihre Augen füllten sich mit Tränen. Sie wollte nur noch fort, weit fort.

* * *

Vanessa schaffte es kaum, ein triumphierendes Grinsen zu unterdrücken. Sie hatte ihren Arm unter Eriks geschlungen und drückte fester zu, als sie sah, wie verwirrt er war.

„Das ist es, was wir beide wünschen", versicherte sie. Was ja auch stimmte – nur hatte sie bei ihm etwas nachhelfen müssen.

Während die Königin und Grimsby über das bevorstehende Fest sprachen, umfasste Vanessa die Nautilusschnecke, die sie um den Hals trug. Niemandem sonst fiel es auf, dass die Schnecke mit sanftem Schimmer leuchtete. Niemand würde erraten, dass sie Arielles Stimme darin gefangen hielt.

* * *

Sebastian war wieder einmal in heller Aufregung. Als Arielle am Morgen aus dem Schlafgemach gelaufen war, hatte er sich die schönsten Hoffnungen gemacht. Seither hatte er sie nicht mehr gesehen, und jetzt war es Nachmittag. Er hatte mit Scuttle und Fabius überall nach ihr gesucht, doch sie war verschwunden. Würde er diesem Kind denn ein Leben lang nachjagen müssen?

Sorgenvoll marschierte er auf dem Kai unterhalb des Schlosses auf und ab. „Ach, Arielle, Mädchen, wo bist du nur?“ In diesem Moment landete Scuttle neben ihm. „Irgendwas Neues?“, fragte er hoffnungsvoll.

„Nix. Ich bin dreimal übers Dorf geflogen.“

„Such noch mal im Schloss“, befahl Sebastian. „Wir müssen sie finden!“

„Aye, aye!“, krächzte Scuttle und flog davon.

Sebastian seufzte. „Wie kommt dieser dumme Prinz auf die Idee, in eine andere verliebt zu sein?“ Er hatte sich doch solche Mühe gegeben, damit Erik sich in Arielle verliebte … Und er *hatte* sich in sie verliebt, Sebastian hatte es schließlich mit eigenen Augen gesehen.

Nein, irgendwas stimmte da nicht.

Ein paar Meter entfernt streckte Fabius den Kopf aus dem Wasser und winkte mit der Flosse. „Sebastian! Hierher!“

„Ich komme, ich komme. Was ist los?“

„Ich glaube, ich weiß, wo Arielle ist.“

„Worauf warten wir dann noch? Nichts wie hin“, sagte Sebastian und sprang ins Meer.

✲ ✲ ✲

Arielle saß auf dem Felsen, von dem aus sie Erik zum ersten Mal beobachtet hatte. Sie starrte unglücklich auf ihr Spiegelbild im Wasser. Sie hatte gedacht, dass die Reise in die Welt der Menschen eine leere Stelle in ihr füllen würde, aber nun war sie fast überzeugt, dass sie zu keiner der beiden Welten gehörte. Sie hatte so viel aufgegeben, um hier zu sein. Was sollte sie jetzt nur tun?

Sie öffnete die Hand und betrachtete die kleine Jade-Meerjungfrau, die Erik ihr geschenkt hatte. Sie öffnete die

Finger und ließ sie ins Meer fallen. Die Figur sank tiefer und tiefer und tiefer …

Auf einmal kletterte Sebastian auf ihren Felsen herauf. „Was machst du nur, Kind? Du kannst doch nicht so einfach aufgeben. Das sieht dir gar nicht ähnlich.“

Arielle schüttelte traurig den Kopf. Worum sollte sie denn kämpfen? Die Menschen waren keine Barbaren, da hatte ihr Vater sich geirrt, aber mit einem hatte er vielleicht doch recht gehabt. Vielleicht gehörte sie nicht in ihre Welt.

✲ ✲ ✲

Scuttle flog immer noch suchend um das Schloss herum. Als sie sich dem Nordturm näherte, hörte sie eine vertraute Stimme und wäre beinahe vom Himmel gefallen. Sie sah sich suchend um. „Arielle?“

Sie landete auf einer Fensterbank vor einem Gastgemach. Von Arielle war nichts zu sehen, aber da leuchtete etwas auf einem Tisch … Es war eine Nautilusschnecke …

eine singende Nautilusschnecke … Das war doch Arielles Stimme!

Das Mädchen, das sich Vanessa nannte, kam hinter einem Wandschirm hervor und legte sich die Kette mit der Schnecke um. Plötzlich kam Arielles Stimme aus ihrem Mund!

„La da di, da da da", sang Vanessa. Sie trat zum Frisiertisch und nahm eine Bürste in die Hand. Sie warf die Bürste durchs Zimmer auf eine Vase, die Vase zersprang. Völlig ungerührt ließ sich Vanessa auf ein Sofa fallen.

„Und tschüs, Rotschopf!"

Sie rollte sich wohlig zusammen und betrachtete sich im Spiegel. Scuttle erhaschte einen Blick auf das Spiegelbild und zuckte entsetzt zurück. Sie hatte Ursula gesehen!

„O nein!" Schnell flog sie los, um ihre Freunde zu suchen. Sie mussten etwas gegen Ursula unternehmen!

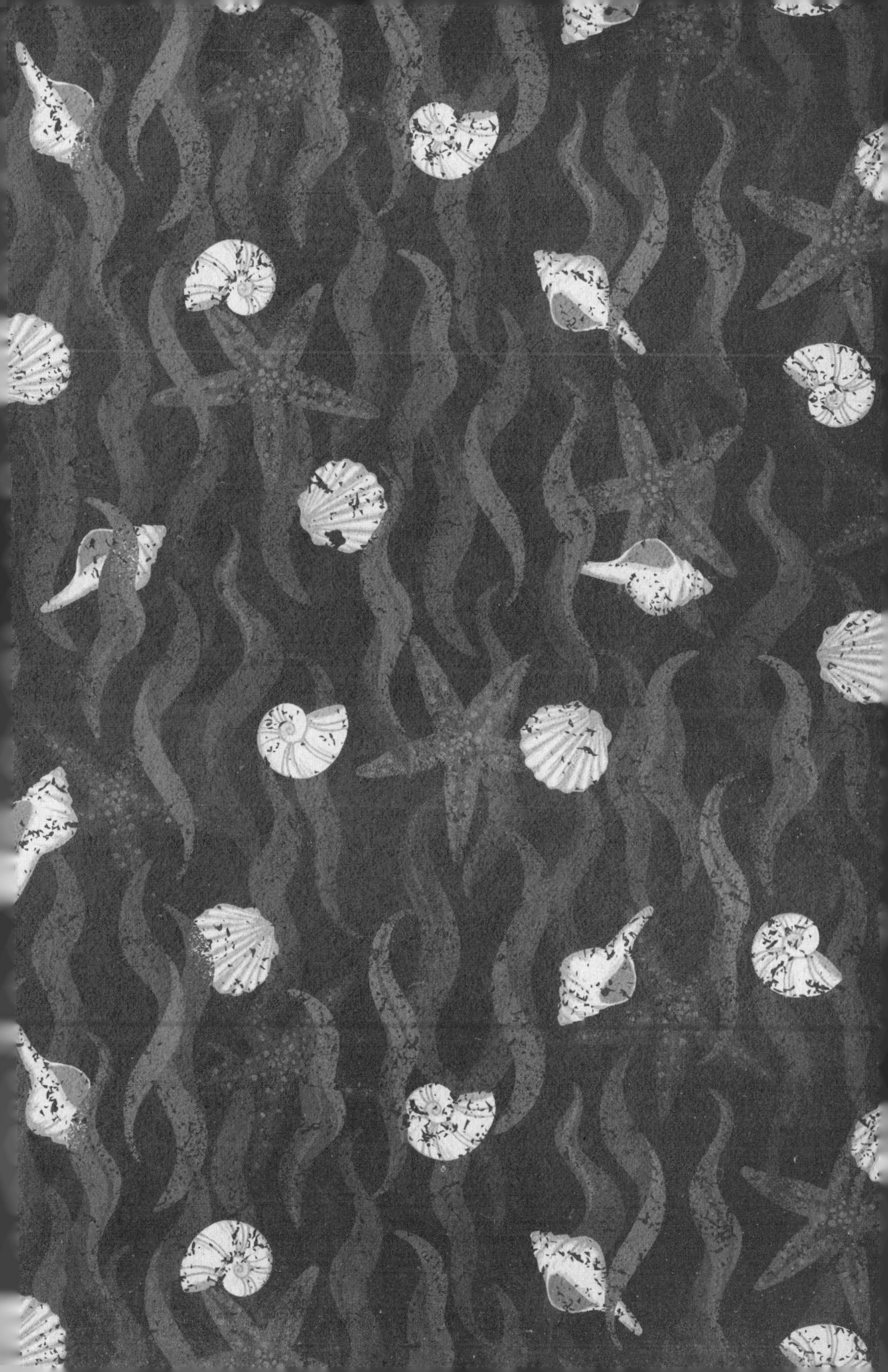

Kapitel Achtzehn

Die Sonne stand tief am Horizont und berührte fast das Meer. Sebastian saß neben Arielle auf dem Felsen, Fabius schaute traurig aus dem Wasser zu ihnen hoch.

„Das kann alles nur ein großes Missverständnis sein“, sagte Sebastian. „Ich habe euch beide beobachtet. Ihr seid füreinander bestimmt.“ Er meinte es wirklich so. Es war noch nicht lange her, dass er Arielle erklärt hatte, die Meereswelt wäre viel schöner und besser als die Menschenwelt. Er hatte sich geirrt. Sie hatte hier oben etwas ganz Besonderes gefunden. Und er würde nicht zulassen, dass sie es wieder verlor.

Aber Arielle schüttelte entschieden den Kopf. Dieses Mädchen war schon immer zu starrköpfig gewesen.

Bevor Sebastian noch etwas sagen konnte, plumpste Scuttle völlig erschöpft auf den Felsen.

„Da bist du“, krächzte sie. „Ich hab dich gesucht, ich hab gedacht, ich hab dich gefunden, weil ich dich *gehört* hab, aber das warst du gar nich’, das war *sie*, aber nich’ so … im Spiegel. Und sie hatte … sie hatte *deine* Stimme.“

„Was faselst du denn da?“, schimpfte Sebastian. Konnte dieser Vogel nicht einmal vernünftig reden?

Scuttle schob ihr Gesicht ganz nah an seins. „Kapierst du nich’, was ich sage?“

„Nein.“

„Der Prinz ist reingelegt worden. Diese neue junge Dame ist eigentlich diese Meerhexe, sie sieht nur hübscher aus.“

Arielle sah ihn mit offenem Mund an. Sebastian war genauso schockiert wie sie … Andererseits war das eine gute Nachricht, weil der Prinz sich dann nicht freiwillig in eine andere verliebt hatte.

„Bist du dir ganz sicher?“, fragte er nach.

„'Türlich bin ich mir ganz sicher. Hab ich vielleicht schon mal falsch gelegen?“ Scuttle legte den Kopf schief. „Ich mein, wenn's wirklich drauf ankam?“

„Und, können wir da überhaupt was tun?“, fragte Fabius nervös aus dem Wasser.

„Na, irgendwas müssen wir tun, sonst endet Prinz Erik mit dieser … dieser schleimigen Krake“, sagte Sebastian.

Arielle sprang vom Felsen und schwamm in Richtung Schloss. *Na endlich,* dachte Sebastian.

„Ja, Mädchen, schwimm“, feuerte er sie an. „Fabius, und du schwimmst zu König Triton und berichtest ihm, was geschehen ist. Er muss alles wissen.“ Triton würde unter Garantie einen Wutanfall bekommen, aber daran war nun mal nichts zu ändern. Es gab nur einen, der so mächtig war wie Ursula, und das war der Meerkönig. Und sie würden jede Unterstützung brauchen, die sie bekommen konnten.

„Okay“, sagte Fabius und tauchte ins Meer hinab.

„W-was mache ich?“, fragte Scuttle.

„Du nimmst mich zum Schloss mit. Wir müssen diese Verlobung verhindern.“

Scuttle nickte entschlossen, packte Sebastian mit dem Schnabel und flog los.

* * *

Die Verlobungsfeier war in vollem Gange. Die Gäste plauderten zum Klang wunderschöner Harfenmusik. Grimsby und Laschana standen etwas abseits, sie beobachteten, wie Vanessa sich mit einigen Höflingen unterhielt.

„Heldenmut ist vielleicht etwas übertrieben“, sagte sie gerade. „Doch es stimmt wohl, ich *habe* Erik gerettet. Das hätte schließlich jeder getan.“

Laschana flüsterte Grimsby ins Ohr: „Kaum zu glauben, dass er auf so eine reingefallen ist.“ Vanessa war zweifellos schön, aber ihr Charakter … Laschana hatte noch nie jemanden getroffen, der mit einem einzigen Satz so viel geprahlt hatte.

„Hmhm, irgendetwas stimmt da nicht", flüsterte Grimsby zurück. Erik war oft impulsiv, aber seit diese Frau aufgetaucht war, benahm er sich höchst merkwürdig. Grimsby warf Vanessa misstrauische Blicke zu.

Der Prinz betrat den Saal und kam zu Grimsby herüber. Laschana huschte davon. Erik sah irgendwie mitgenommen aus.

„Sire."

„Hast du Arielle gesehen?"

Grimsby räusperte sich. „Die Diener sagen, sie hätte das Schloss heute früh verlassen."

„Verlassen?"

„Wundert dich das, Erik? Ich verstehe dich nicht. Das alles sieht dir überhaupt nicht ähnlich." Grimsby hätte es nie laut gesagt, aber er hatte Arielle und Erik schon als Paar gesehen. Der Prinz war in letzter Zeit schwermütig gewesen – bis sie auftauchte. Sie hatte ihn aufgemuntert, wie es sein „geheimnisvolles Mädchen“ nie geschafft hätte. Schon gar nicht diese Vanessa.

„Ich glaube, ich verstehe es selbst nicht. Ich wollte … Ich dachte, wenn ich …“

„Erik!“, rief die Königin durch den Saal.

„Ich weiß nicht, was ich eigentlich wollte.“ Erik schüttelte seufzend den Kopf.

* * *

Scuttle kam mit Sebastian im Schnabel zur Terrasse geflogen. Musik und Geplauder wehten zu ihnen herauf.

„Fast da!“, rief Sebastian. „Okay, wenn ich dir das Signal gebe, lässt du mich fallen. Kapiert?“

Natürlich hatte sie das kapiert, Scuttle war eine Meisterin der Planung.

Sie riss den Schnabel auf: „Kapiert!“

„Nein, du Tölpel!“, rief Sebastian und platschte ins Meer. Scuttle schaute verwirrt nach unten. Warum hatte er sich denn fallen lassen? Ganz schlechtes Timing! Sie waren doch noch gar nicht über der Terrasse gewesen.

„Na, dann mach ich's eben allein!", krächzte Scuttle. Wie gut, dass sie eine Meisterin der Improvisation war. Die Meerhexe würde ihr blaues Wunder erleben!

* * *

Erik stand neben seiner Mutter. Sie hielt ein Taschentuch in der Hand und entfaltete es. Darin lag ein Ring mit einem blauen Saphir. Erik musste an den ersten Stein denken, den er aus dem Meer geholt hatte. Und dann musste er an Arielle denken und daran, wie sie den Stein in der Bibliothek auf den Boden geworfen hatte. Er spürte ein Ziehen in der Brust. *Denk nicht an sie*, dachte er. *Sie ist fort.*

Seine Mutter strahlte ihn nichts ahnend an. „Mein Liebling, dieser Ring gehörte meiner Mutter. Nun sollst du ihn haben." Sie drückte ihm den Ring in die Hand. „Dein Glück ist mir wichtiger als alles andere."

Das Ziehen in seiner Brust wurde stärker. *Ist das Glück?*, fragte er sich.

Mutter und Sohn schauten auf und sahen Vanessa auf sich zukommen. Die Königin küsste Erik auf die Wange und ließ ihn allein. „Amüsier dich gut."

Vanessa schlängelte sich an Erik heran. Dann sah sie den Ring. „Oh, Erik! Der ist ja wunderschön!"

Max kam auf sie zugesprungen. Vanessa zuckte zurück und sah ihn mit einer Mischung aus Angst und Abscheu an. „Halt das Viech von mir fern!"

Erik wunderte sich. Aber gut, nicht jeder mochte Hunde. Er packte Max am Halsband. „Laschana! Bitte nimm Max mit!" Der Hund stemmte sich gegen seinen Griff, und Erik kraulte ihn beruhigend hinter den Ohren. „Guter Junge, schon gut."

Laschana kam und führte Max fort. Erik drehte sich zu Vanessa um. „Alles in Ordnung?"

Sie lächelte ihn an, aber ihre Augen blieben kalt. „Jaja."

In diesem Moment stürzte sich eine Möwe auf Erik hinunter. Er ließ vor Schreck den Ring fallen – der kullerte über die Terrasse und verschwand zwischen den Füßen der Gäste. *Ach herrje, er hatte den Ring seiner Großmutter kaum fünf Minuten gehabt und schon verloren!* Erik drängte sich durch die Gäste.

„Der Ring! Der Ring! … Hat irgendjemand den Ring gesehen?“

Der Ring war vor Grimsbys Füßen gelandet. Grimsby schaute sich verstohlen um und kickte das Schmuckstück dorthin, wo besonders viele Leute standen.

Die Möwe stürzte sich wieder herab, diesmal auf Vanessa. Erik musste an den Vogel denken, der ihm gestern den Hut geklaut hatte. War das etwa derselbe? Der Vogel kreischte und schlug Vanessa mit den Flügeln ins Gesicht.

„Hau ab, du dreckiges Vogelvieh“, zeterte Vanessa schrill. Genau in diesem Moment ließ Laschana Max los, und der Hund rannte auf Vanessa zu. Sie hechtete in einen Springbrunnen und schrie: „Hilfe – ich werde angegriffen!“

Erik wollte ihr gerade zu Hilfe eilen, da betrat ein neuer Gast den Saal. Eine Sekunde lang schien die Welt stillzustehen. Es war Arielle! Sie war zurückgekommen! Ohne zu zögern, lief er ihr entgegen.

„Arielle!“ Ich habe dich den ganzen Tag gesu…!“

Doch Arielle marschierte an ihm vorbei.

Sie packte die nach der Möwe schlagende Vanessa und drehte sie zu sich um.

„Was fällt dir ein?“, kreischte Vanessa mit hochrotem Gesicht.

Arielle riss an ihrer Halskette. Die beiden kämpften um die Nautilusschnecke.

„Helft mir! Sie ist verrückt“, schrie Vanessa.

Erik wollte zu den beiden hinstürzen, aber Grimsby hielt ihn fest. Die Gäste schauten entsetzt.

Endlich gelang es Arielle, Vanessa die Halskette abzureißen. Vanessa taumelte rückwärts. Arielle schmetterte die Schnecke auf den Boden – sie zerbrach.

Ein Lied ertönte. Alle im Saal sahen staunend zu, wie aus der zerbrochenen Schnecke ein goldener Nebel aufstieg und in Arielles Mund hineinfloss. Er gab ihr ihre Stimme zurück! Den letzten Ton des Liedes sang Arielle wieder selbst.

Erik starrte sie aus großen Augen an. „Arielle!"

„Ja."

Als er ihre Stimme hörte, war ihm klar, wer sie war. „Ich hätte es gleich wissen müssen!" Er eilte zu ihr. „Ich verstehe nicht, was mit mir los war."

„Sie hat dich verzaubert." Arielle warf Vanessa einen vorwurfsvollen Blick zu.

„Finger weg von ihr!", rief Vanessa. Doch aus ihrem Mund kam nicht mehr Arielles schöne Stimme, sondern das verbitterte Krächzen der Meerhexe.

Arielle hatte nur noch Augen für den Prinzen. „Erik, du sollst alles wissen."

Erik schüttelte den Kopf. „Das ist alles nicht wichtig." Er beugte sich zu ihr, um sie zu küssen.

Hinter ihnen versank die Sonne am Horizont.

„Nein!", schrie Vanessa-Ursula.

Als sich ihre Lippen fast berührten, verloschen die letzten Sonnenstrahlen.

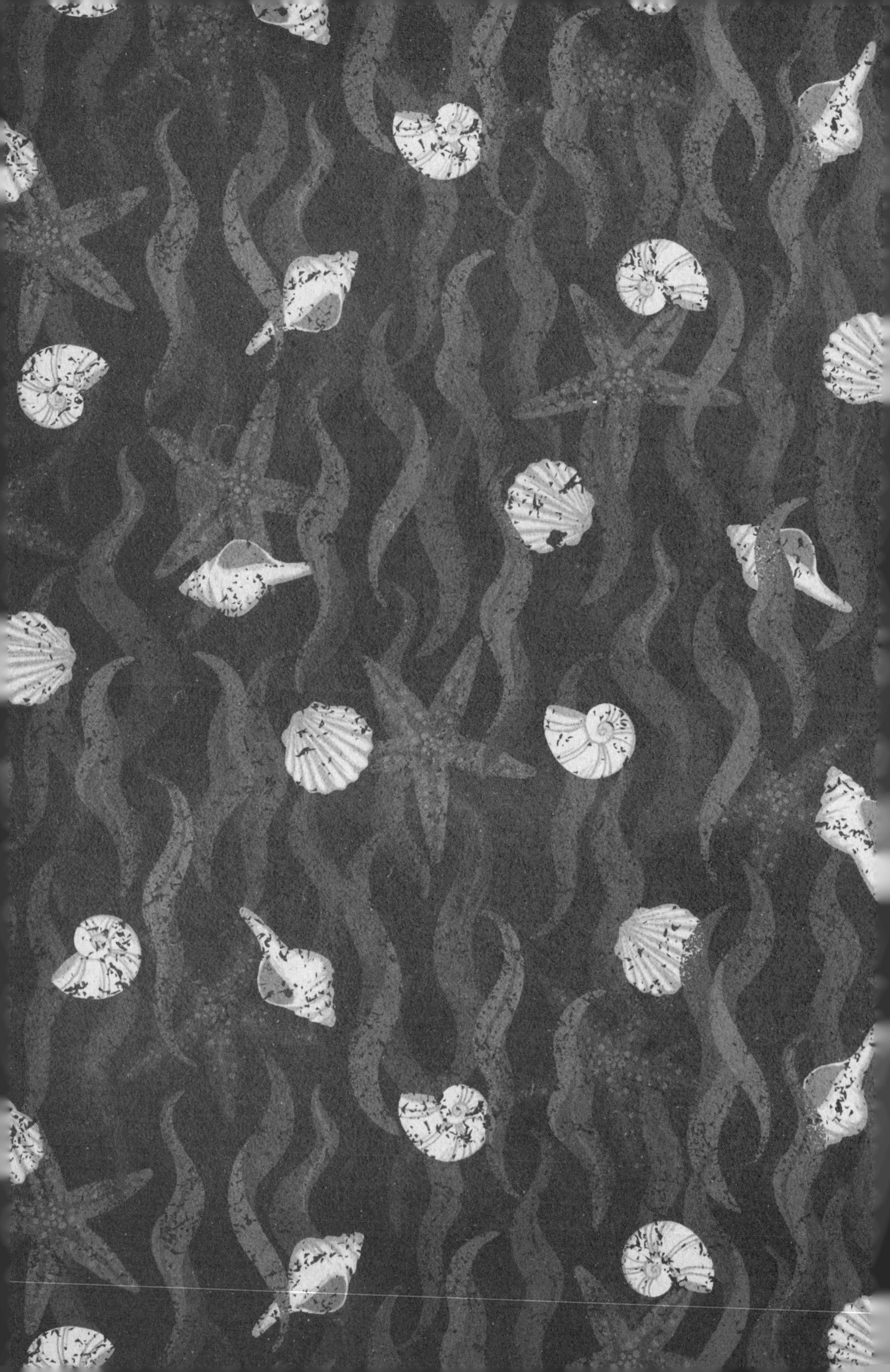

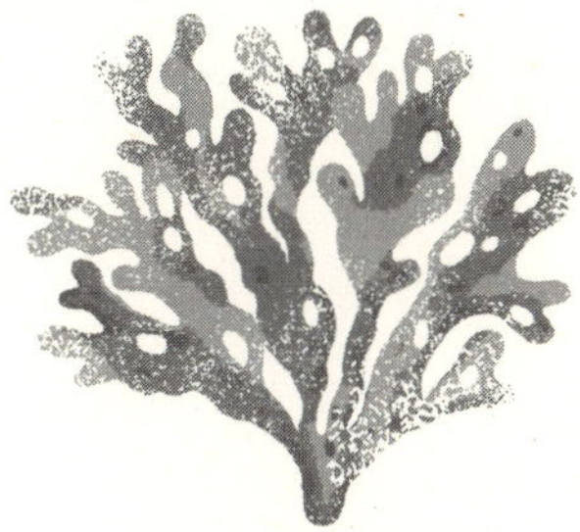

Kapitel Neunzehn

Erik musste entsetzt mitansehen, wie Arielle sich vor Schmerzen krümmte. Er folgte ihrem Blick nach unten und sah einen grünlichen Nebel um ihre Beine wirbeln. *Was geschah hier?* Ungläubig erkannte er, dass ihre Beine zusammenwuchsen. Arielle schwankte, und er hielt sie nur noch fester umschlungen. Wieder blickte er zu Boden und sah … einen großen schimmernden Meerjungfrauenschwanz! Das unheimliche Schweigen, das sich über den Saal senkte, wurde nur von Vanessas kreischendem Lachen durchbrochen.

„Arielle …?“ Erik wusste nicht weiter. Wahrscheinlich sollte er sie trösten. Sie hatte bestimmt Angst. Doch in ihm stritten zu viele Gefühle: Schock, Verwirrung und auch freudige Aufregung. Er hatte die Unterwasserwelt immer geliebt. Und es schien Arielles Welt zu sein …

Wenig überraschend fanden alle anderen kein bisschen erfreulich, was sich im Saal abspielte. Seine Mutter wich angewidert zurück. „Um Himmels willen! Sie ist ein *Meerwesen*!“

Arielle ließ beschämt den Kopf hängen. Erik hatte das dringende Bedürfnis, sie in die Arme zu schließen und vor den gaffenden Gästen zu verbergen.

Vanessas kreischendes Lachen wurde noch lauter. „Zu spät!“ Mit Entsetzen sahen die Königin, Grimsby und alle anderen, wie sich ihr schöner Körper in den krakenähnlichen Körper der Meerhexe verwandelte. Sie warf den Kopf zurück und lachte irre. „Zu spät!“

Sie fuhr ihre vielen langen Arme aus und schlug auf die

Gäste ein, die sich schreiend in Sicherheit brachten. Ursula kroch wie eine Spinne auf Arielle zu, ihre Arme schleifte sie hinter sich her. Erik stellte sich schützend vor Arielle.

„Zurück!“, befahl er und klang mutiger, als er sich fühlte.

Die Meerhexe schleuderte ihn mühelos mit einem Arm beiseite.

„Erik!“, rief Arielle voller Angst.

Erik spürte den Schmerz kaum. Er spürte nur eiskalte Furcht, als die Meerhexe Arielle mit sich riss und von der Terrasse ins Wasser glitt. Er rannte zum Geländer. Seine Mutter eilte ihm nach und packte ihn am Arm.

„Nicht, Erik! Das ist das Werk der Meeresgötter. Ich habe dich gewarnt! Ihre Welt ist schlecht.“

Erik riss sich von ihr los. Es war ihm egal, dass Arielle eine Meerjungfrau war. Sie gehörten zusammen – und er würde nicht zulassen, dass eine irre Krakenfrau sie ihm wegnahm!

„Erik, warte!“, rief seine Mutter, aber er rannte schon die

Stufen zum Wasser hinunter. Die Königin wollte ihm nachlaufen, doch Grimsby hielt sie zurück.

„Lasst ihn gehen, Majestät. Lasst ihn gehen."

***

Während Ursula Arielle in die Tiefe hinabzog, breitete sich über dem Meer die Nacht aus. Arielle wehrte sich vergeblich, die Meerhexe war stärker als sie. Abschaum und Meerschaum folgten den beiden.

„Was machst du da? Lass mich los", verlangte die zappelnde Arielle.

„Im Leben nicht. Wir haben eine Abmachung, schon vergessen? Drei Tage – und kein Kuss." Ursula grinste höhnisch. „Ah, erinnerst du dich doch?"

Arielles Erinnerung kam zurück, und sie hörte auf, sich zu wehren.

Drei Tage hatte sie gehabt, einen Kuss der wahren Liebe hätte sie bekommen sollen. Und wenn nicht? *Dann gehörst du mir,* hatte Ursula gesagt. Und Arielle hatte sich die

Schwanzschuppe auch noch selbst ausgerissen und sie Ursula für den Zaubertrank gegeben.

Wie konnte ich nur so dumm sein?

Ursula lachte leise vor sich hin, als sie sah, dass Arielle sich erinnerte. „Dachte ich's mir doch. Tja, jetzt musst du damit leben, Liebilein."

Arielles Kleid verfing sich an einem Korallenriff und riss. Sie sah ihm nach, als es von der Strömung davongetragen wurde. Ihr Traum hatte sich erfüllt. Sie war ein Mensch gewesen. Sie hatte jemanden getroffen, dem sie sich so nahe fühlte wie sonst niemandem. Und fast hätte er sie geküsst. Und nun war alles vorbei.

* * *

König Triton war rasend wütend.

Als Fabius mit der unglaublichen Geschichte in seinen Thronsaal geplatzt war, hatte ihn zuerst die kalte Angst gepackt. Fabius hatte noch nicht zu Ende erzählt, da war Triton schon durchs Meer gerast, um seine Tochter zu finden.

Er schwamm an einigen Wracks vorbei, und endlich entdeckte er Arielle auf einem Felsvorsprung. Die schleimige Meerhexe hatte sie in ihren Fängen!

„Ursula!", rief er donnernd. Meeresboden, Wracks und Felsen erzitterten unter seiner Wut. Ursula hielt inne, als Triton, gefolgt von Fabius, hinter dem Felsen hervorkam, doch sie lockerte ihren Griff nicht. Triton wies drohend mit seinem Dreizack auf sie. „Lass sie los!"

„Vergiss es. Sie gehört jetzt *mir!*", rief Ursula.

Nie und nimmer! Aus Tritons Dreizack schoss blitzend Energie und umfing Ursula und Arielle. Fabius ging in Deckung.

Ursula griff mit einem Fangarm nach Arielles Schwanz und zeigte Triton, wo eine Schuppe fehlte. „Siehst du? Wir haben eine Abmachung – mit Blut besiegelt. Sie ist auf ewig bindend – nicht mal du kannst sie brechen!"

Triton wollte schreien. Aber sie hatte recht. Er konnte nichts tun.

Arielle begann zu schluchzen. „Vater, es tut mir so leid. Es ist alles meine Schuld."

Aber Triton wusste genau, wessen Schuld es war. Er funkelte Ursula an. „Was willst du von meiner Tochter?“

„Oh, gar nichts. Ich will etwas von *dir*. Ich will, dass du genauso leidest, wie ich all die Jahre gelitten habe!“

„Du bist schuld, dass meine Frau gestorben ist!“, brüllte Triton fassungslos.

„Oh, bu-huuu, und du glaubst, *das* tut weh?“ Ursula schwamm um ihn herum und blickte über seine Schulter zu Arielle. „Die Tochter des großen Meerkönigs ist ein wahrer Schatz. Die arme, unglückliche Seele.“

Arielle versuchte zu fliehen.

Ursula machte Abschaum und Meerschaum ein Zeichen. „Holt sie euch, Jungs!“

Die Muränen schossen auf Arielle zu und begannen sie zu umkreisen. Ihre Körper gaben elektrische Stöße ab. Triton knurrte und wollte zu seiner Tochter schwimmen. Er würde diesen Viechern die Hälse umdrehen!

Doch Ursula streckte einen Arm aus. „Oh, das würde ich nicht tun.“ Arielle wurde von einem elektrischen Wirbel umfangen und erstarrte. „Schockierend, nicht wahr?“

Triton beobachtete entsetzt, wie das Leben aus seiner Tochter wich und sie zu schrumpfen schien. Ihm war sterbenselend zumute.

„Ich hatte schon immer ein Gespür für eine günstige Gelegenheit", fuhr Ursula fort und schwamm zu Arielle hin. „Was hältst du von einem Handel? Wie viel ist dir deine geliebte Arielle wert?"

Triton sah auf den Dreizack in seiner Hand. Nichts war wertvoller als das Leben seiner Tochter. Der Meerkönig gab sich geschlagen. Er hob seinen Dreizack und warf ihn Ursula zu. Er gab seine Macht hin, um Arielle zu retten.

„Ha!", triumphierte Ursula und fing den Dreizack. „Jetzt gehört er mir!"

Die Muränen gaben Arielle frei. Das Leben strömte in sie zurück, und Triton war unsagbar erleichtert. Doch diese Erleichterung war von kurzer Dauer, denn nun fingen die Muränen *ihn* in ihrem elektrischen Wirbel ein.

„Nein! Nein!", schrie Arielle.

Ursula lachte schallend, als Triton in sich zusammenfiel

und vom Felsen in die Tiefe rutschte. Seine Krone trudelte vor Fabius' Nase auf das Felsplateau.

„Vater!", rief Arielle.

Ursula hob die Krone auf. „Endlich!" Sie lachte wieder, doch der Ozean wurde ganz still, als sie sich die Krone des Meerkönigs auf den Kopf setzte, so als wüsste er, dass etwas Furchtbares geschehen war.

✲ ✲ ✲

Arielle war, als würde die Welt untergehen. Von ihrem starken und mächtigen Vater war nur noch eine schlaffe Hülle geblieben – weil er sie hatte beschützen wollen.

Sie warf sich mit geballten Fäusten auf Ursula. „Du! Du Ungeheuer!"

Die Meerhexe schleuderte sie mühelos beiseite und richtete den Dreizack auf sie. „Sei nicht dumm, du kleine Kröte. Du kannst nichts gegen mich …"

Sie waren beide überrascht, als plötzlich eine Harpune durchs Wasser zischte und Ursula an der Schulter streifte.

Die Meerhexe schrie vor Schmerz auf. Arielle drehte sich um und sah Erik nur wenige Meter über sich im Wasser schweben.

Ein Gefühl des Glücks durchströmte sie. Sie bedeutete ihm so viel, dass er ihr nachgekommen war. Aber stärker als das Glücksgefühl war die Angst um ihn. Er hätte sich keinen gefährlicheren Ort aussuchen können. *Geh weg*, rief sie ihm in Gedanken zu.

Ursula starrte Erik mit drohend gebleckten Zähnen an. „Dafür wirst du bezahlen!" Mit einer ausholenden Armbewegung hetzte sie ihre Muränen auf ihn. „Ihm nach!"

Erik schwamm so schnell er konnte zur Oberfläche hinauf, die schleimigen Muränen waren ihm dicht auf den Fersen. Er tauchte auf und langte über den Rand seines Boots, um sich eine neue Harpune zu holen. Da wurde er unter Wasser gerissen.

Ein stummer Schrei stieg in Arielles Kehle, als sie sah, wie Abschaum und Meerschaum den Prinzen an den Knöcheln in die Tiefe zogen. Der Dreizack begann zu glühen, als Ursula ihn auf Erik richtete.

„Sag deinem Menschenschatz adieu!“

„Nein!“ Arielle stürzte sich auf die Meerhexe. Der Strahl, der aus dem Dreizack fuhr, traf nicht Erik, sondern Abschaum und Meerschaum. Die beiden Muränen lösten sich in Nichts auf.

Erik schoss sofort zur Meeresoberfläche hinauf. Einen Moment lang war Arielle erleichtert.

„Meine Babys!“, heulte Ursula.

Arielle schwamm Erik hinterher; sie wusste, dass Ursulas Trauer sich schnell in Wut verwandeln würde. Riesige Wellen wühlten das Meer auf, als sie auftauchten. Am schwarzen Himmel ballten sich drohend Wolken.

„Du musst dich an Land retten“, rief sie Erik zu. „Sie bringt dich sonst um.“ Sie würde es nicht ertragen, ihn auch noch zu verlieren.

Doch Erik konnte genauso starrsinnig sein wie sie. „Ich lasse dich nicht allein.“

Lauter Donner war zu hören, das ganze Meer begann zu grollen. Etwas Helles, Gezacktes durchbrach die Wasseroberfläche und fing sie ein. Arielles Magen zog sich vor

Angst zusammen, als sie die Krone erkannte. Die Meerhexe war zu enormer Größe angeschwollen. Als sie aus dem Wasser auftauchte, löste sie einen kleinen Tsunami aus. Arielle und Erik wurden auf ihrem Kopf hoch in die Luft gehoben.

„Gib mir deine Hand", rief Erik. „Jetzt!"

Sie sprangen ins Meer und tauchten gleich wieder auf. Ursula ragte vor ihnen auf, die Krone auf dem Kopf, und schwenkte den riesigen glühenden Dreizack. Ihre Fangarme hoben sich aus dem Wasser und peitschten die Wellen auf.

„Vorsicht!", schrie Arielle.

Ein Fangarm hieb aufs Meer und trennte sie von Erik. Ursula schwenkte den Dreizack noch einmal und ließ den Sturm toben. Am schwarzen Himmel zuckten Blitze und tauchten die Welt in gleißendes Licht. Regen hämmerte auf sie herunter. Das Meer schien zu brodeln, die Wellen wollten alles verschlingen.

Ursula ragte über allem auf wie eine Königin der Zerstörung. Mit einer Stimme wie Donner rief sie: „Jetzt beherrsche ich die Meere, und meine Macht wird alle bezwingen!"

Erik wurde von einer riesigen Welle fortgerissen. Arielle schrie auf.

Ursula beugte sich zu ihr hinunter. „So viel zur wahren Liebe!“, spottete sie und stieß ihren glühenden Dreizack ins Wasser. Sie drehte ihn und erzeugte einen Strudel, so gewaltig, dass er Schiffswracks vom Meeresboden aufwirbelte.

Arielle sah sich verzweifelt um. Sie entdeckte ein heraufgespültes Schiff, dessen abgebrochenes Bugspriet gefährlich spitze Zacken hatte. Sie schwamm darauf zu.

Ursula konzentrierte sich auf Erik, der in den Strudel gerissen worden war. Es gelang ihm, sich am geborstenen Mast eines Wracks festzuklammern, dessen Leinen sich um einen Felsen geschlungen hatten. Er schaute nach oben und wurde kreidebleich. Ursula lächelte ihn böse an.

„Bis dann, lieber Junge.“ Sie zielte mit dem Dreizack und feuerte einen Blitz auf den Felsen ab. Erik hielt sich noch immer am Mast fest.

Nicht weit entfernt tauchte aus den Wellenbergen ein Schiff mit zerbrochenem Bugspriet auf. Auf seinem Deck klammerte sich Arielle an die Planken. Sie war zornig wie noch nie. Ursula war schuld am Tod ihrer Mutter. Ursula hatte Arielle ausgetrickst und sie als Waffe gegen ihren Vater eingesetzt. Ursula hatte den Dreizack gestohlen und nutzte seine Kraft, um Arielles Heimat zu zerstören. Arielle nahm all ihren Zorn zusammen und kroch übers Deck.

Ursula hob den Dreizack und zertrümmerte auch den letzten Rest des Felsens. Erik stürzte ins Wasser. Arielle hatte endlich das Steuerrad erreicht und drehte es mit aller Kraft. Sie steuerte das Schiff direkt auf die Meerhexe zu. Ursulas Augen weiteten sich vor Schreck, als das gezackte Ende des Bugspriets ihr Herz durchbohrte. Sie krümmte sich schreiend.

Arielle wurde von dem Aufprall über das Deck geschleudert. Sie zog sich an der Reling hoch und sah Ursulas riesige Hand auf sich zukommen. Blitzschnell sprang sie von Bord. Die Hand packte das Schiff, dann fiel sie ins Wasser zurück und riss das Wrack mit sich in die Tiefe.

Der Sturm flaute ab, das Meer beruhigte sich.

Arielle tauchte wieder auf. Im sanft fallenden Regen

konnte sie erkennen, dass der Strudel verschwunden war. Sie war unglaublich erleichtert, als sie sah, dass Erik sich auf ein Stück Treibgut gerettet hatte.

Unter ihr im Meer glitzerte etwas. Es war der Dreizack, der wieder auf seine normale Größe geschrumpft war. Arielle schaute noch einmal zu Erik hinüber. Was sollte sie tun? Sie konnte sich nur um eines kümmern – sie tauchte dem Dreizack in die Tiefe nach.

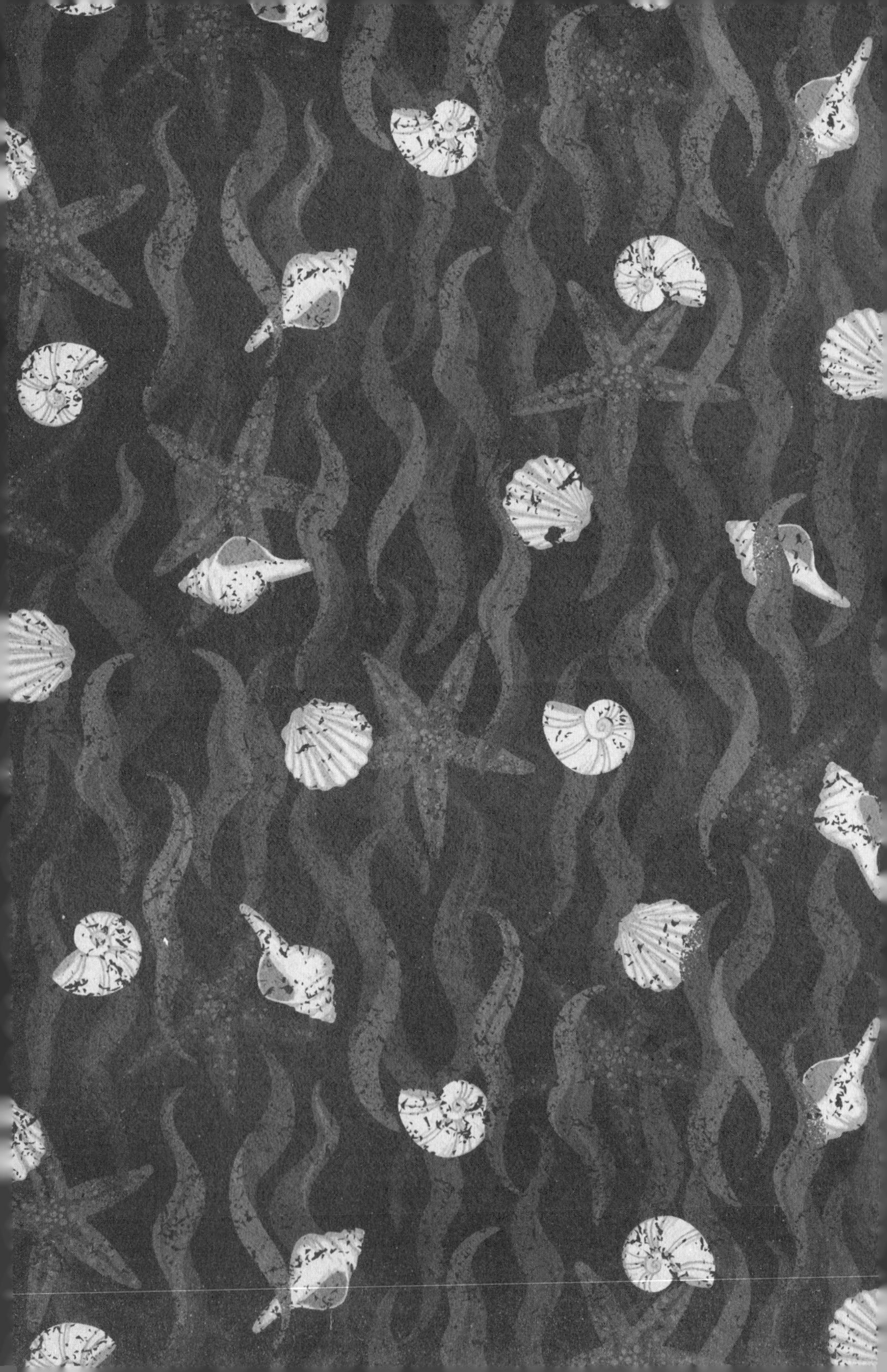

Kapitel Zwanzig

Der Dreizack schlug, kurz bevor Arielle ihn zu fassen bekam, auf dem Felsplateau auf. Der Meeresboden bebte. Staunend sah Arielle, wie ihr Vater vor ihr auferstand – in voller Größe, mit seiner Krone auf dem Kopf. Eine schwere Last fiel ihr vom Herzen. Ihr Vater sah erschöpft aus, doch er lebte!

Auch Triton war unendlich erleichtert und dankbar, als er seine Tochter erblickte.

Sie hob den Dreizack auf und reichte ihn ihrem Vater. „Du hast dein Leben für mich geopfert." Sie hatte gewusst, dass er sie liebte, doch dass er sie so sehr liebte …

Triton sah sie voller Stolz an und griff nach dem Dreizack. „Und du hast gekämpft, um mir mein Leben zurückzugeben!"

„Ich habe nicht allein gekämpft, Vater. Erik war bei mir …"

Er ließ sie nicht aussprechen. „Du bist in Sicherheit … und zu Hause – das allein ist wichtig."

Arielle ließ die Schultern hängen. Es war alles wie immer. Sie hatte Ursula besiegt und fühlte sich doch, als hätte sie verloren.

* * *

Erik schleppte sich erschöpft an Land. Als er sich langsam aufrichtete, sah er, dass Arielles Kleid an den Strand gespült worden war. Panik stieg in ihm auf. *Was, wenn es ihr nicht gut ging? Wenn sie seine Hilfe brauchte?*

Auf einmal war er von Menschen umringt – von Grimsby, seiner Mutter, Laschana und noch ein paar anderen. Sie redeten auf ihn ein und versuchten, ihn zum Schloss zu ziehen, doch er machte sich los und taumelte ins Wasser zurück. Arielle brauchte ihn.

Grimsby lief ihm nach und packte ihn am Arm. „Sire, bitte …"

Erik schüttelte den Kopf und riss sich wieder los. „Wir brauchen ein Boot, Grimsby. Wir müssen sie finden."

„Und was dann?", rief seine Mutter.

Erik erstarrte. Seine Mutter kam zu ihm und legte ihm eine Hand auf die Schulter. Sie sah ihn weder enttäuscht noch wütend an, sondern sanft und mitfühlend. Das machte es nur noch schlimmer.

„Und was dann, mein Schatz?", fragte sie noch einmal.

Da begriff Erik, dass er und Arielle in zwei verschiedenen Welten lebten und immer leben würden. Nicht einmal die Liebe konnte etwas daran ändern.

„Du hattest recht", sagte er und ließ die Schultern hängen. „Ich bin einem Mädchen nachgejagt, das es gar nicht gab."

„Nein, Erik." Seine Mutter drückte tröstend seine Schulter. „Ich hatte nicht recht." Gestern noch hätte Erik gejubelt, wenn seine Mutter das zugegeben hätte, doch nun konnte er nicht einmal lächeln.

Seine Mutter sprach mit sanfter Stimme weiter. „Es gab sie, das weiß ich nun. Sie war so echt wie deine Gefühle für sie. Aber … es konnte nicht anders enden. Unsere Welten können nicht zusammenkommen."

Nach einem Moment nickte Erik. Er musste die Dinge akzeptieren, wie sie waren, auch wenn ihm das Herz brach. Er drehte sich um und ging zum Schloss.

* * *

Triton war überzeugt, dass er ein guter König war. Er hoffte es zumindest. Er hatte immer alles getan, um den Meerleuten und allen Kreaturen des Meeres ein sicheres und glückliches Leben zu ermöglichen. Er erinnerte sich, wie unsicher er damals als blutjunger König gewesen war: Wie sollte er ohne die Hilfe seiner Eltern über die sieben Meere herrschen?

Seine Frau hatte ihm Selbstvertrauen gegeben und ihm geholfen, ein guter König und ein guter Vater zu sein. Doch sie lebte nicht mehr.

Nun saß er mit schwerem Herzen allein in seinem Thronsaal und grübelte. Seine jüngste Tochter war zurückgekehrt, doch sie hatte in den letzten Tagen kaum ein Wort gesagt. Nicht weil sie wütend war – nein, sie war traurig, das spürte er ganz deutlich. Warum konnte seine Arielle nicht glücklich sein?

Er rief nach Sebastian. Wenn einer wusste, was mit Arielle los war, dann der Krebs.

Sebastian trippelte in den Saal. „Ja, Majestät?"

Triton sah ihn nicht an, als er zu sprechen begann. „Ich habe immer danach gestrebt, das zu tun, was das Beste für mein Volk ist."

„Ja, Majestät."

„Und was das Beste für meine Töchter ist."

„Gewiss, Majestät."

„Ich habe alles, was in meiner Macht stand, getan, damit *sie* glücklich ist."

Diesmal zögerte Sebastian, bevor er antwortete. „Na ja … fast alles."

Triton wartete, dass er weitersprach.

„Ich glaube, Ihr müsst es sehen, um es zu verstehen, Majestät." Sebastian wusste, dass Triton seine Tochter liebte – jetzt wurde es Zeit, dass er sie auch *verstand*.

Sebastian schwamm dem König zur Meeresoberfläche voraus. Zum ersten Mal nach vielen Jahren tauchte Triton aus seinem Reich auf. Er sah, wie blau der Himmel über dem Menschenreich war, wie hell die Sonne schien, wie zart die Wolken waren.

Sebastian kletterte auf einen Felsen. „Nicht übel hier oben, was?"

Triton entdeckte Arielle. Sie saß etwas weiter entfernt auf einem Felsen und sah mit einem sehnsüchtigen Lächeln zum Land hinüber. Es brach Triton das Herz. Sie glich ihrer Mutter so sehr, das hatte er immer an ihr geliebt. Es fiel ihm schwer, es sich einzugestehen, doch er wusste, was dieses Lächeln bedeutete.

„Sie wünscht sich ein anderes Leben als das, das ich für sie vorgesehen habe."

Sebastian brummte zustimmend. „Sie hat versucht, es Euch zu erklären, Majestät."

„Ich werde sie nicht mehr beschützen können."

„Nun, wie ich stets zu sagen pflege: Kinder müssen frei sein, um ihr eigenes Leben zu leben."

Triton hob spöttisch eine Augenbraue. „Oh, das pflegst du stets zu sagen?"

Sebastian grinste verlegen. „Na ja, so was in der Art."

Der Meerkönig schaute wieder zu Arielle hinüber und seufzte. Er musste sie gehen lassen, gerade weil er sie so liebte.

„Nun", sagte er, „dann gibt es nur noch ein Problem."

„Und welches, Majestät?"

„Ich werde meine Kleine entsetzlich vermissen."

Er legte seinen Dreizack flach auf die Meeresoberfläche. Aus dem Dreizack floss goldschimmernde Magie und trieb durchs Wasser direkt auf Arielle zu. Das war sein Geschenk an sie. Sie sollte wissen, dass für ihn nichts wichtiger war als ihr Glück.

Arielle drehte sich um, und ihre Blicke trafen sich. Sie sah überrascht aus – und glücklich. Triton wusste, dass er die richtige Entscheidung getroffen hatte.

* * *

Erik saß tief in Gedanken auf den Stufen der Terrasse. Max sprang mit einem Stöckchen in der Schnauze zu ihm, er wollte weiterspielen.

„Noch mal?" Erik warf das Stöckchen. Max rannte ihm nach und bellte aufgeregt. Es dauerte ein paar Sekunden, bis Erik auffiel, dass das Bellen aufgehört hatte.

„Max?" Er sah suchend über die Schulter. Oben, am Rand der Terrasse, stand Arielle und lächelte ihn strahlend an. Sie trug das Kleid, das an den Strand gespült worden war, und neben ihr stand Max und hechelte fröhlich.

Erik sprang auf, rannte die Treppe hinauf und nahm

Arielle fest in die Arme. Sie war es wirklich! Sie war da! Er beugte sich zu ihr hinunter und küsste sie leidenschaftlich. Er war da, wo er hingehörte, da gab es keinen Zweifel!

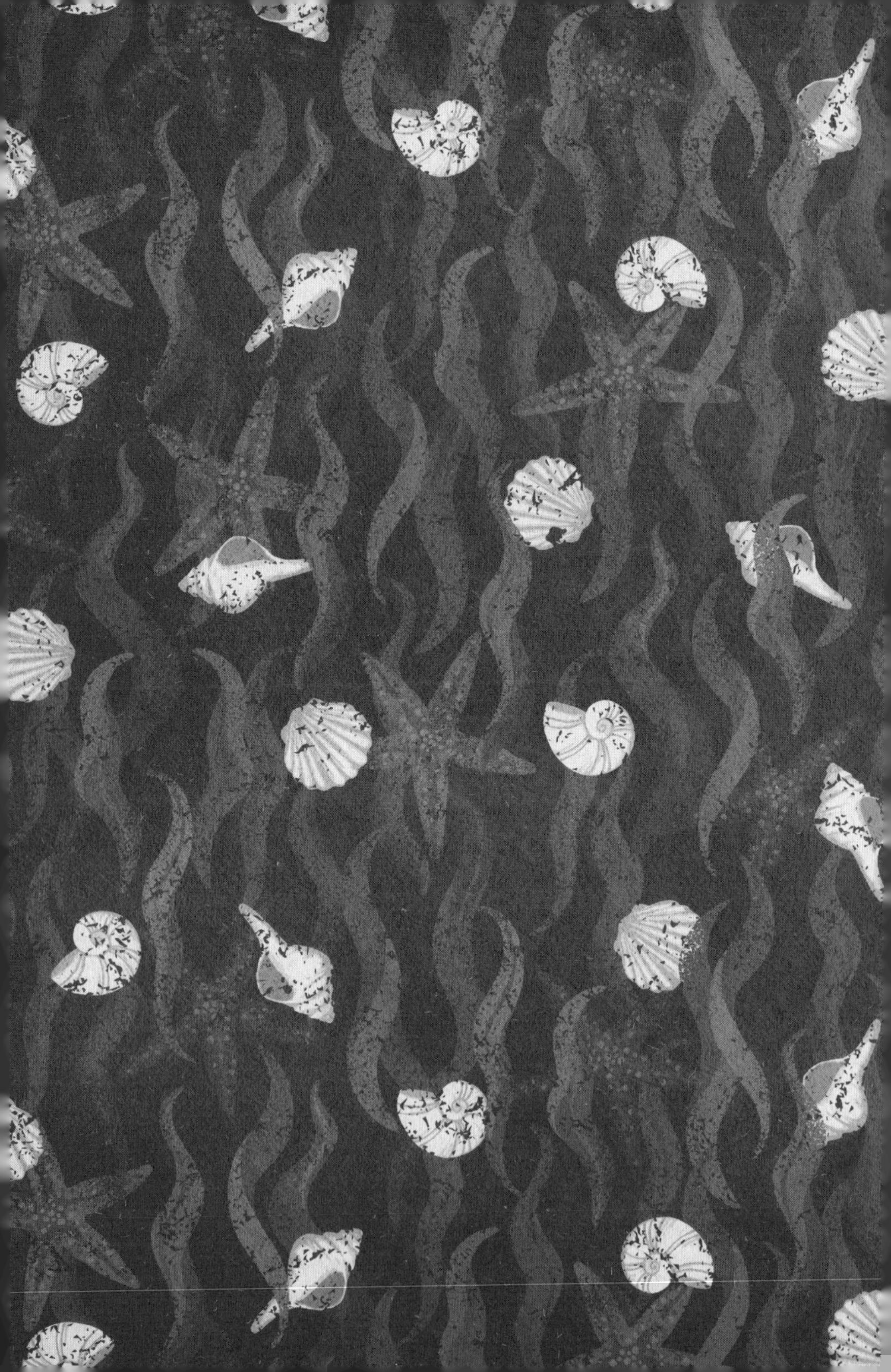

Epilog

Erik und Arielle liefen über den felsigen Pfad zur Küste hinunter. Menschen aus dem Schloss und dem Dorf standen Spalier, riefen „Hurra“ und warfen Blütenblätter in die Luft. Die Inselmusikanten spielten eine feierliche Melodie. Unten am Strand wartete Grimsby.

„Was hat das alles zu bedeuten, Grims?“, fragte Erik.

„Die Königin wollte Euch beide richtig verabschieden,

Sire." Grimsby führte sie zu Königin Selina, die in Gesellschaft von Laschana und Rosa etwas abseits stand.

„Vielen Dank, Majestät", sagte Arielle.

Die Königin nahm ihre Hand und berührte den Ring ihrer Mutter, den nun Arielle trug. „Nein, der Dank gebührt dir. So sehr ich Abschiede auch hasse, haben wir doch einen Grund zu feiern." Sie nahm auch Eriks Hand. „Unsere Welten haben einander zu lange nicht verstanden. Euer Bund bedeutet für uns den Beginn von etwas Neuem."

Das hörte Arielle gerne. „Ja, es ist ein Anfang."

„Wir haben viel von dem Mädchen gelernt, das zu uns kam und nicht sprechen konnte", sagte Grimsby. Arielle lächelte ihn an.

Erik umarmte die Königin. „Es ist nur ein Abschied auf Zeit, Mutter."

„Ach, das weiß ich doch." Sie befreite sich sanft. „Na los, fahrt da raus und verändert die Welt – oder tut, was immer ihr auch tun müsst, damit wir nicht rückständig bleiben."

„Das klingt nicht wie meine Mutter." Erik sah Grimsby

mit gespieltem Erschrecken an. „Was hast du mit ihr angestellt?“

Alle lachten. Die Königin schüttelte den Kopf und scheuchte sie mit einer Handbewegung fort. „Nun geht schon.“

Arielle und Erik liefen Hand in Hand über den Strand.

„Habt ihr schon entschieden, wohin ihr zuerst wollt?“, rief Laschana ihnen nach.

Die beiden sahen sich an.

„In unbekannte Gewässer“, rief Arielle zurück, dann liefen sie weiter.

Königin Selina sah ihnen mit Freudentränen in den Augen nach. „Sie werden es nicht leicht haben.“

„Aber sie werden einander haben“, tröstete Grimsby sie.

Die Königin nickte. „Eine Meerjungfrau und ein Mensch. Wer hätte das gedacht?“

Ja, wer?

* * *

An der Wasserlinie lag ein Ruderboot, es würde Arielle und Erik zu dem Segelschiff bringen, das weiter draußen ankerte. Als Erik die Vertäuung löste, entdeckte Arielle Sebastian, Scuttle und Fabius bei einem Felsen ganz in der Nähe. Sie ging zu ihnen.

„Na, wen haben wir denn da?“

„Wir haben was für dich“, sagte Scuttle. „Wo ist es denn bloß?“

„Du sitzt drauf, Vogel.“ Sebastian schob die Möwe zur Seite, und zum Vorschein kam die kleine Jadefigur, die Arielle hatte ins Wasser fallen lassen.

„Meine kleine Meerjungfrau!“ Sie streckte die Hand nach ihr aus – dann zog sie sie wieder zurück. „Nein, hebt sie für mich auf. Sie macht euch hoffentlich weniger Ärger als ich.“

„Mit dem Dingelhopper lag ich doch richtig, oder?“, fragte Scuttle.

Arielle lachte. „Ja, mit dem lagst du ganz richtig.“

„Du bleibst doch nicht zu lange fort, Arielle?“, fragte Fabius.

„Nein, natürlich nicht. Beim nächsten Korallenmond sehen wir uns alle wieder."

„Komm aber nicht zu spät", mahnte Sebastian.

Arielle grinste nur. Dann schaute sie wehmütig aufs Meer hinaus. Erik kam zu ihr. „Bist du bereit?"

Sie zögerte einen Moment, dann nickte sie. „Ja. Ja, ich bin bereit."

Er half ihr ins Boot. Ihre Freunde und die Menschen am Strand winkten, während sie zu dem wartenden Segelschiff ruderten. Arielle schaute erstaunt auf, als Erik das Boot plötzlich anhielt. Sie drehte sich um und sah im Wasser ihren Vater. Er sah stolz zu ihr herauf. Und dann tauchten hinter ihm auch ihre Schwestern auf – gefolgt von vielen, vielen Meerleuten aus allen sieben Meeren. Sie waren gekommen, um sich von Arielle und Erik zu verabschieden. Arielle wurde es ganz warm ums Herz. Endlich waren ihre beiden Welten vereint.

Triton schwamm neben dem Boot her. „Mein Kind …" Er sah den Prinzen an. „Erik."

Erik nickte grüßend.

Arielle lächelte ihren Vater dankbar an. „Danke, dass du mich gehört hast."

„Es wäre nicht nötig gewesen, dass du deine Stimme verlieren musstest, bevor man dich hört. Aber nun höre ich zu. Und ich werde immer für dich da sein. *Wir alle* werden immer für dich da sein."

Arielle beugte sich hinab und umarmte ihren Vater. Sie spürte, wie sich seine Arme fest und schützend um sie legten. „Ich liebe dich, Vater", flüsterte sie.

Irgendwann ließ er sie doch los, lächelte sie noch einmal liebevoll an und gab dann dem Boot einen Stoß. Auf einer großen Welle glitt es sanft zum Segelschiff. Inmitten des Winkens und Rufens dachte Arielle daran, dass sie nun endlich das gefunden hatte, wonach sie so lange gesucht hatte. Und es war schöner, als sie es sich erträumt hatte.

Sie ging mit Erik auf eine große Abenteuerreise. Obwohl sie nicht wusste, wohin diese Reise sie führen würde, hatte Arielle keine Angst. Sie hatte Familie und Freunde, alte und neue, die für sie da waren – da war alles möglich. Und was hätte aufregender sein können?